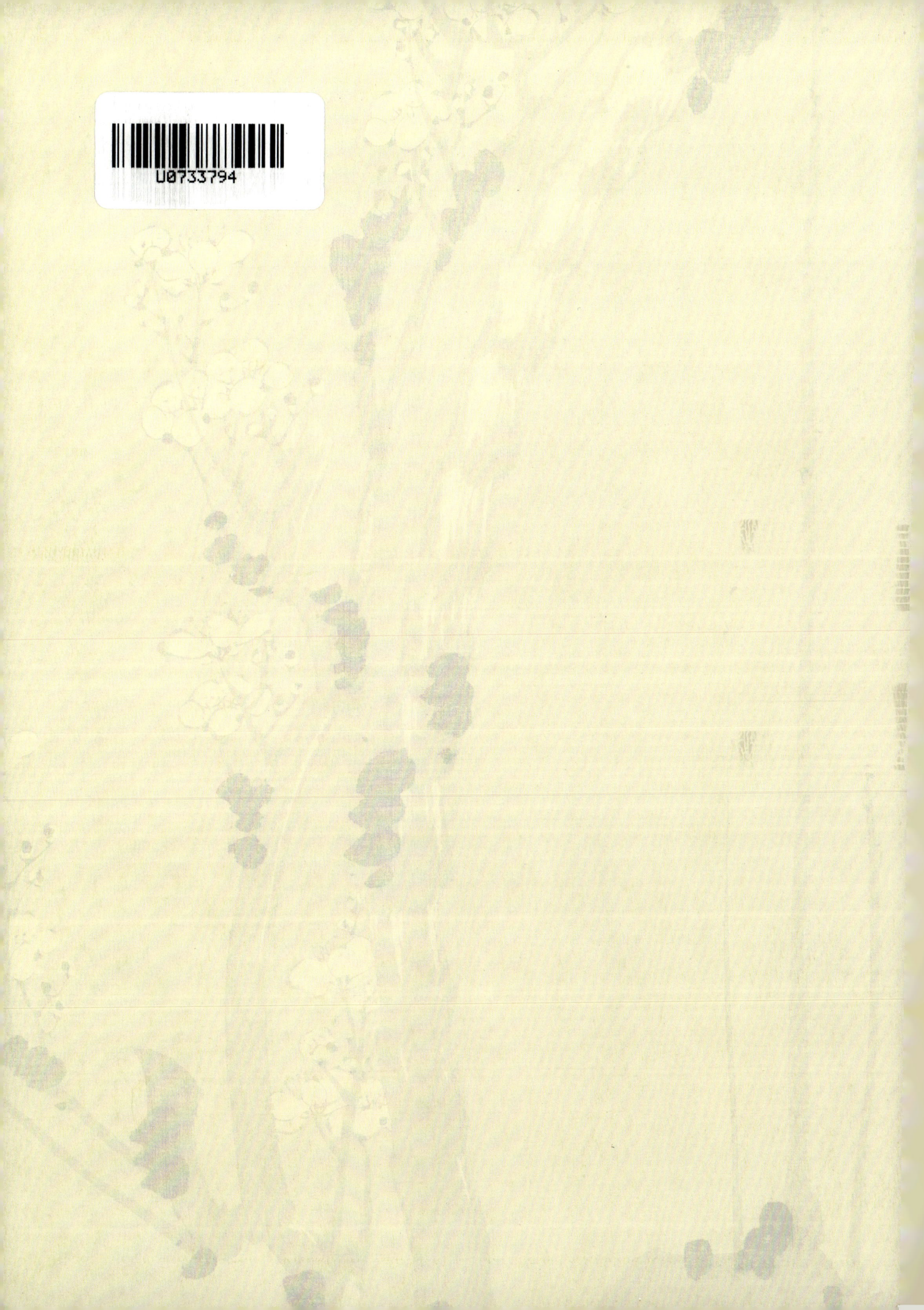

石堂先生遺集

（宋）陳普 著

明萬曆三年刊

2

鳳凰出版社

第二册

石堂先生遺集卷之七

宋寧德　陳普　尚德

經說

士冠禮

士冠禮者秦火之餘高堂生所傳儀礼十七篇之首篇儀礼尚有三十九篇后来出魯之淹中河間獻王得之傳至劉歆猶存至東漢而亡可惜也然此十七篇士礼皆備而以冠礼為首冠者成人之初也列於十七篇之首不為無說豈高堂生所傳之本已如此抑高堂生得之錯亂之中而自以序列之乎觀相見

鄉飲鄉射次冠昏后燕礼次鄉射后大射儀聘公食大夫次燕礼后覲礼次公食大夫后先士而后大夫由大夫而諸侯由諸侯而天子其序自下而上則疑高堂生自列之其序不為苟也冠昏二者又以冠為首亦為不苟冠者成人之始周旋應物之初列之昏相見喪礼之首其拳拳於成人以為萬事百体之綱領也可知獨惟失亡之餘遂次序為全書是不冀其復全為微有可疵爾重其礼故筮日尊祖禰故筮于廟門古人事亡如事存故凡行事必於廟孫者体乎祖也其行成人之礼宜當於廟也鄭註以為禰廟冠

者則祖也祖禰尊於人而鬼神尊於祖禰竝於廟門者與祖禰共求之鬼神也竝於門不於堂者鄭曰嫌著之靈由廟神也適士二廟此所謂禰當主適士而言者官師一廟則不必言禰矣然則天子諸侯皆於禰乎曰士與大夫之說子於禰天子諸侯於太祖輕重疑於稱也

○

尚書中念字

天生人而予之以心心者善惡邪正是非得失治亂存亡死生之主也用其心則善則治則安則存則生

不用其心則惡則亂則危則亡則死上自一人下至
吾黨遠自前古近至方今何國何人而不然也孔子
曰飽食終日無所用心難矣哉孟子曰必有事勿忘
勿助長也夫心者神之宅禍之府也乃或棄而不用
欲不死亡得乎嘗觀二帝三王之書君臣上下相規
相[illegible]一一為此禹戒舜曰帝念哉德惟善政政在養
民又曰苗頑弗即工帝其念哉皋陶戒舜曰念哉率
作興事伊尹訓太甲曰嗣王祗厥身念哉聖謨洋洋
嘉言孔彰箕子陳洪範於武王曰念用庶徵武王命
康叔曰封汝念哉今民將在祗遹乃文考又曰肆汝

小子封惟命不于常汝念哉無我殄享周公告商士
曰在今后嗣王誕罔顯於天矧曰其有聽念于先王
勤家告君奭曰我亦不敢寧于上帝命弗永遠念天
威又曰今汝永念則有固命又曰肆念我天威其作
誥告多方曰惟聖罔念作狂惟狂克念作聖康王命
畢公曰利口惟賢餘風未殄公其念哉穆王作呂刑
告同姓諸侯曰嗚呼念之哉伯父伯兄仲叔季弟夫
典謨訓誥誓命之書其拳拳於念也如此何也盖所
謂念者即孔子所謂用心孟子所謂勿忘是也天下
之事善者念之則知為之惡者念之則知戒之脩身

齊家治國平天下之事念之則可以無不夆亡國喪家殺身傷生之事念之則必有所不敢為事親事長之禮事君臨民之道苟能念之則夙興夜寐以為之猶恐其不逮也褒姒在前鄭衛在側冶容柔舌紛乎其前怱怱怠怠則以為安為樂苟或念之則如蝮蠆鴆毒豺狼虎豹之不可近烈火之不可嚮深淵之不可臨也此皆堯舜禹湯文武皐陶益稷契伊尹周公孔子顏孟無時而不念者也齊威王楚莊王一旦而能念之也漢武帝狼狽失錯而終知念之也桀紂幽厲晉武帝唐明皇則放縱昏迷而不知念苟且偷逸

而不暇念者也念之則善則治則安則存則生不念之則惡則亂則危則死龜鑑瞭然千秋萬古不可逃矣典謨訓誥誓命之君臣其拳拳於此也夫豈無其說哉洪範念用庶徵多方惟聖罔念作狂惟狂克念作聖其義尤大何者五福者休徵之所生六極者咎徵之所由而庶徵之休咎皆五事得失之所為也念之則能敬其五事不入於狂僭豫急蒙而休徵在是矣不念之則不知敬其五事不得於肅乂哲謀聖而咎徵自生矣庶徵之休咎未足憂也而君臣上下庶民百草五福六極之所從出是豈可一日而不念一

息而忘之哉狂之與聖其相去何啻千里也狂而克
念作聖是桀紂而克念可以堯舜也聖而罔念作狂
是堯舜而不念則入於桀紂也念與不念其關係之
重乃至於如此哉舜典曰予欲聞六律五声八音在
治忽先儒但釋忽為亂是猶未之思也忽者忘而不
念之謂也古今之亂皆忘而不念之所生也古人之
文一字一義皆有深意不可以不詳觀也洪範五事
五曰思而生民之福極庶徵之休咎在於念與不念
鷄既鳴矣天光煥然吾徒盍相與念之

春王正月

愚敢為之說曰春王正月者魯史之舊文也王者夫子之特書也其書王何所以舉春正月而為之也若曰春天時也此所謂正月周正月也冬十一月也而魯史例之春則亦以冬為春以春為夏而四時反悖矣不可之甚者也然而文則史也時王之制吾不得不說也且書魯之年而繼以春明魯之非也下書王而繼以正月明周之非也吾姑紀其實而已矣后有王者作而知其為周之非則惟行夏之時乎夫子之意恐或如此若夫定天下之邪正以為百王之大法則此不待言矣

尚文

邃古不可詰矣自黄帝垂衣裳以來天下非文不治大文則大治小文則小安一不文則相糜三四千年間可考也天地間人為大不人則天地無以立文也者人其人者也藻云乎哉三百三千布流於日用之間而言語文字者所以体其動作進退而楽以成礼彝以作樂八音六律羽旄以為樂而辭以理萬事〻皆礼也而文辭即樂也節〻相依歩〻不舍是故樂備而礼成辭及而事理而人道立矣人道立而天地位萬物育矣今夫垂衣而治也足容必重而手容必

恭也頭容必直而口容必止也所謂口容止者非緘默不言也言中其節之謂也不多不寡之謂也不中其節則與手足頭容不相應也人言書之典謨訓誥誓命詩之国風雅頌其体製音声非后世之所能及而不知其與當時之帝王公卿與夫閭閻之人其日用常相應也使后之世今之人其日用亦然則典謨復作矣夫冕弁端委束帶立朝必皆有言揚袂頓足旁若無人必無法語高帝不事詩書非不事也貪財好色醉眠踞洗之習相得也武帝窮奢黷武去秦無幾其不亡者亦以罷黜百家表章六經時听賢良文

孝之議而朝廷天下猶有董仲舒公孫弘倪寬之儒雅也然其號令文章自是遂不古則以礼樂不修民德不正形氣不和其間出不亡如董生之正楊雄之潛刘向之忠司馬相如之時有規諷則已不復有古人性與天道植立皇極之作也東漢後下於西都自東漢而益降益下〻至魏晋齊梁復𢇁之以老莊飄忽之言悉方伊嗢之語而斯文之衰亦遂不可救至楊氏而極何文章之與世運不相釋棄若是貞观開元之復漢者天策府諸公與魏徵馬周宋璟張九齡之論諫亦公孫弘倪寬夏侯勝魏相之類也至天寶至

德而杜子美之詩貞元元和而韓退之之文轢齊梁
軼西漢而幾及於孟氏蓋天秀常在宇宙間時不滅
也宋懲唐末五代之弊得天下亟罷武臣用文士百
年遂有歐蘇之文而天下園林巷陌亦將過於漢唐
是皆詩書文章之効也蓋西京唐宋之文雖不及典
謨雅頌亦皆英偉秀發工章能句可金可石而無消
磨腐敗之氣故亦足以支撑一代立古今升降之間
而為飢渴之食飲也

又

秦漢以來天下之人其日用皆靡故文辭遂不古幸

而詩書之文賴孔子修定猶在人間其心情炅覺之不滅者猶得以誦述援錄躰倣彖似使有耳有目者猶有所見聞亦足以發昏迷紓糾結使翕於暗室之中者尚能人於日月之下蒼生猶有賴若荀卿賈誼董生楊雄為言為句為章始終聲音不離於道〻者事物之本躰也起發成就之也發之以蹤蹟通一時志之以垂示萬世有然而句不期而章也故其聲音氣貌始終曲折不離於道也

太極圖乾男坤女圖

周子太極圖晦公蹤析發明無餘蘊矣竊嘗思之二

氣五行萬物父母生理才動便具萬形故曰天地交而萬物通天地感而萬物化生通書動靜章曰四時運行萬物終始晦翁云四時即五行也言自五而萬也理性命章曰二氣五行化生萬物晦翁云此言命也二氣五行天之所以賦授萬物而生之者也太極二氣二氣五行五行萬物二氣一太極五行一太極萬物一太極五行之下但着一圈以為萬物化生足矣何用間着氣化一圈而后次之以萬物化生夫氣動則生雖曰氣化之生異於種類之生種類之生蕃而后氣化之生息然生理一動即分萬殊非至於種

類之生而后萬也氣化為萬物初父母然一物一父母非一父母而生萬也一而二二而五五而萬其亭為當然矣必着氣化一圈疑於贅也愚嘗以為此周子至精至深之意不可以不知也天地間一無息而已何謂無息曰道也道者何太極也明道先生曰形而上謂道形而下謂器須着如此說道亦器々亦道但得道在不繫今與后已與人此数語即太極圖男女圈之意也蓋男女圈析以明太極之為道惟道故無息不着男女一圈則但見其生而不見其生之不息見其萬一各正小大有定而不見其混闢之無窮

夫天地之所以為天地人之所以為人物之所以為
物者太極也太極即道也道者義理之當然也形有
窮而義理常在生有窮而所以生者有常在蓋理須有
義當然則不必父母而自生父母之生則有時而息
而父母之父母常寓於無聲無臭之中以為生生之
主是故天不憂其息也地不憂其盡也人物不憂其
澌滅也何者理無息也無盡也無澌滅也故曰天地
之道貞觀者也日月之道貞明者也天下之動貞夫
一者也貞者正而固也有常而不變也千古萬古常
如一日而無或不然者也貞觀者常如今日之法象

也貞明者常如今日之明照也貞夫一者一理常為
之主而萬物之形体性情無止息移易之時也蓋惟
不得而已故不已惟當然故必然故特出氣化一圈
於五行之下萬物之上蓋一圈之幹所以明大極
為悠久無疆之定理故曰乾道成男坤道成女道者
義理之當然意謂萬物雖有窮盡而乾道坤道常在
種類之生或有息而氣化之生常無息氣化者理化
也其化為体性萬殊以為種類之父母者理之當然
也當然則不能以不然故天地鬼神皆不能違而萬
物之所恃以無窮也是故形生之理常而氣化之義

大形生常受命而氣化常將命形生之無息皆氣化之無息氣化之無息即理化之無息天地萬物性無息者為之主所以千古萬古而常新故曰形而上謂道形而下謂器須着如此說道亦器器亦道但得道在不繫今與后已與人蓋萬有之殊悉皆道体道無一日而不在則萬化亦無一日而或息今即后后即今已即人人即已不患其不生不行不慮其無與於斯者性不泯而理無亡也此周子程子之精意孝者宜潛心也天心無改移亦此意

經辨

檀弓辨

按檀弓曾子之不背於礼者五愚竊以為不可盡信也聖門如曾子固未可言不思而得不勉而中者然不知喪欲速貧死欲速朽之非夫子之言亦太誣矣此二句仲尼之門五尺童子足知其非夫子之言矣何必有若而后知之有若知之而曾子乃獨不知乎死欲速朽必將棄野委壑否則裸葬乃可豈嘗以此教人識聖知言顔子以下莫曾子若也乃不知其非夫子之言且復信之以為當然及有若非之復引子游證以為實殆若孩稚然者要之此章多偽蓋野人

之語善筆墨者飾之以欺天下后世耳晦謂夫子失魯司寇在定十四年之楚在哀六年之失司寇后向宋衛不向楚則所謂失魯司寇將之荊者不可信矣南宮敬叔在論語是謹言謹行貴道德賤勢力之人也孔子以兄子妻之則其人可知矣載質而朝是一言而墮其素也參也聞諸夫子是親聞之也參也與子游聞是與子游共聞之也觀子游之言則曾子未嘗親聞亦未嘗共聞也與子游共聞而子游獨知其為南宮敬叔之貨桓司馬之靡而絫而曾子獨不知相聞其中間一語不知其始之所起末之所歸而遂

守以為正既不詳審於聖人之言又復漫言以告有
若與朋友交而不信傳而不習曾謂曾子而至是乎
家語詩傳俱言子夏除喪而見夫子與之琴衎衎而
樂閔子騫除喪而見與之琴切切而哀既謂子夏喪
毋民未有閒閔子騫素以孝稱則家語詩傳為是而
檀弓以為子夏見與琴而哀子張見與琴而樂者非
實也然則速貧速朽安知其非他人不審之聞而誤
以為曾子者大槩七十子喪而大義乖天下之短聖
義賢者既不識聖賢氣象則於其心術言行皆莫之
察有非其言而妄傳以為其言者亦莫之辨此章[illegible]

說則餘章未必皆實曾子之學問豈在子游下者檀弓歷載子游之知礼凡十餘條未嘗或失惟對司士貞之請襲於牀不以礼而以諾爲失之驕其載闕檀弓記曾子言與啓手足之意同也水漿不入口者七日不殆於滅性乎夫子夢奠時曾子年二十有七其委曲問礼與晦翁注一貫章所謂於聖人用處蓋已隨事精察而力行者當在二十餘歲時檀弓記其易簀則其他亦宜半在西河之后年彌高德彌卲而孝彌深矣又出子游有若下乎祖者且也且胡爲其不可以又宿也誠非君子之言也鄭玄不知其妄又不

為之隱而謂之為給訛夫曾子豈欺人以口者乎鄭玄目之以給孔穎達遂謂其不顧道理嗚呼道之不明諸儒不識聖賢久矣浴不於適室於爨室注疏以為斈扶時遺言以矯曾元不易簀之非晏子一狐裘三十年葬父遣車一乘及墓而反曾子以為知礼二者皆過中失正漸入異端且居仲尼之門而稱晏子二者當亦非曾子事子思斈於曾子今讀中庸子思之斈問何可當也檀弓記子思總四五而其不熟於礼與曾子同者亦有二焉嫁母之喪柳若告以聖人之后不可以不慎也乃異而哭於廟哭於廟專矣復

使其子不為出母喪是皆不可信者孝者於此苟或不察而信之以為實則於四書决未可讀不識聖賢氣象乃后世孝者一大病道之所以不明也吾故表而出之以告天下后世之讀四書者

石堂先生遺集卷之七

石堂先生遺集卷之八

宋寧德　陳普　尚德

答問

答閏問

天以國朝曆數彼在全付所覆東晝日出西窮河源北通鐵勒南出林邑效珎脩貢稟曆奉時惟恐不先罔敢弗若東南七歌建惟上游四書出焉流布宇内文章禮樂當代儒臣通天地人來守此土撫民之暇日坐泮宮集我衿紳教之理數歲在淵獻月惟閏七慨然以為閏者所以正天時序人事讀書為儒所當

知也首以三國以來同時異國所紀不同者為閏書
生於天官之學未嘗習熟列國所紀年曾考詳然以
事理及古今一二觀之似可以復明問而無疑於同
時異國之不同也四十年前南北之地未歸於一庚
午之歲一閏之失雖以四明臧氏一言降而後收當
時國朝之曆必已行於北方儻其聞之其得不發無
人之笑乎吴魏南北五代遼金之不同亦若是而已
矣古今羲和之司惟近日為最得之混一之後三十
餘年月連四大者二晝夜極短之刻至三十八極長
之刻至六十二使南北未歸一版圖則曆之晦朔與

閏必不符於國朝之所頒吳魏南北之不同不惟閏也晦朔亦當不同晦朔與閏蓋常相牽連為一者也古今曆紀尤其溷裂之甚者也歲以十月為首已得罪於聖法不小矣又復不知置閏乃於閏年之末三年加一後九月五年（加兩）後九月以冀不遠於○天秦可笑矣而蕭何張蒼輩從而因之不改何其陋哉然使秦未六國猶在秦之號令正朔所不能加漢氏之初猶有並立於天下則其不同亦當有如三國南北五代遼金之事其後九月之陋載之青史至今幸免者以當時無與並立故也大抵古今天下往往才雜

知天之人千百無一天道微遠數學纖悉加以歲差之行細入毫髮晦朔與閏之不同皆以此故兩漢魏晋之人猶未之知至東晋虞喜始能言之宋何承天隋劉焯始知因之而其所擬之數復不得其平至唐一行五代王朴始稍詳密然終不得為百年不改之曆雖號為至精亦為不中不遠而已何惟於三國南北五代遼金之人哉兩漢與唐天下一國無與並立漢四百年自太初曆以後更改不知其幾唐三百年自李淳風袁天綱傅仁均以後更改凡八一行精矣然行之三十年耳至唐末猶三改之由此言之三國五

代南北遼金之相差也何惟使漢與唐天下猶有並立之國如宋之有遼有夏有金則其曆法决不能無南北遼金之事其無不同皆所謂無與並立者也三國南北五代遼金之不同皆有並立之故漢唐之無不同無並立而已矣淳風一行二曆開元之後以之窺天淳風得十之四一行至精止得十之八猶失其二三國南北遼金之人固無一行亦未必有淳風者也羲和專官自堯至夏季秋月朔之失失於歲差而已不但荒於酒也魯之失閏文哀二公之世前後凡三周衰人亡孔子之徒復不與其事故也鄭康成名

儒也地官土圭測景之注所謂千里而差一寸南戴日下萬五千里云者至唐一行梁令瓚始知其非而近世大儒猶守鄭之說而不知改也歲差之法蔡氏書傳猶但知有劉焯之近而未知一行王朴之精曆之未易言久矣

問天地人何以謂之三極又何以謂之三才

五經四書無一句一字無義理古今諸儒註釋講明其亦詳矣而惟三極三才四字以入思惟講論者猶未多也此四字肇見於夫子十翼之繫辭說卦書窓之下燈火之前惟韓康伯嘗以三極為三才王肅以

為陰陽柔剛仁義陸德明以極為至程子以為中性朱文公以三極為三才各一太極其說為至當而亦未及詳也北溪陳安卿字義用文公之說已善而後段說極字多未當蓋亦未深明也至於三才則未聞有一語及之者蓋亦熟於口耳而未暇深思否則亦嘗有之而淺學未之見聞也夫所謂極者義理度分當然之至極不可有毫釐損益之謂也損益之則為病而不可以行所以天地之間自天地以下凡有義理度分之物千古萬古而不必變何者理之至極不可得而變而變之則為病此堯舜禹之所以執其中

而子思之所謂至者也有形體之至極有義理之至極天之高也圓也動也亦理之當然而不可損益也地之卑也方也靜也亦理之當然而不可損益也天一也後世釋子以為有三十三者妄也何者理極於一故也地一也而鄭玄孔穎達賈公彥亦如釋子之類以為地分為九亦為九州各如此禹貢九州中國四表特其東南維之一州也先王北郊之禮是祭其中央一州總統四面八州之神其名曰崑崙神以對南郊之北辰耀魄寶此東南維一州之神則但謂之州神之神而不與北郊之大祭其說見於二禮註疏

以為出於地統之書括地象而實皆謬妄不根之論疑爭而質是可罪也何者地之理極於此九州中國四表而不可以蓋也惟極於一故不可得而蓋而亦不必蓋不宜蓋也天體周圓一十六萬里半在地上半在地下各八萬里分為三百六十五度四分度之一一度九廣四百餘里圍三徑一上下八紘各五萬餘里見於唐開元中僧一行與司天官梁令瓚南宮說之所測量者乃其體之極也自古相傳諸儒相繼咸謂周天一百八萬里一度之廣二千九百餘里圍三徑一上下四方各三十六萬里至今猶在吾徒口

耳者皆疑爭而質不可用之説也何者理之極不可以多也地之廣不可量也然地者四旁際天以天之圜三徑一而言則四方之際當五萬餘里而章亥之所步皆妄言也其厚不可測也然地居天之下半以圜三徑一而言則地上至天其虛空中當二萬五千里地下至天其深重柔重之体亦當有二萬五千里之度也地之旁則四海其中則五嶽四瀆四海東濵南濵為廣北濵西海為狹皆可量可度而五嶽與西北之山其高大皆有數四瀆與東南之水其廣狹短長亦莫不有其度也皆萬古不變之體也日月陰陽

之精也天之所用以行萬化各一體而列爲二體也各一者不可二列二者不可一不可三也日一日行天一度以度之廣而言之其徑疑亦當四百餘里其圜當千二百餘里也二十八宿北斗列星各有定數定位如北極南極出入地上地下各三十六度赤道南北去二極各九十一度黃道夏至去北極六十七度冬至百一十五度春秋分各九十一度北斗星六在紫微垣内一在垣外之類皆天之所用以爲體也五星之大同形其色亦五星之五者當然之數其色之五亦當然之度也此五行之氣之所成而其質則

在地以質而言則水之潤下火之炎上木之曲直金之剛寒土之柔重其性也其色與在天者同在天固本之於在地者也其在地之氣則水金寒凉水含陽金純陰木火温熱木純陽火含陰土位在中則兼而有之列之於天亦與在地同而其實則在地者之騰而上也無非萬古不變之體也日月之在天則以出入為晝夜盈虧為朔望長短為四時五行之在天地中則以進退為寒暑而其出入盈虛長短進退之度萬古而有常也晝夜之十二辰四時寒暑之各九十日一月三十日一年三百六十有六日是也故日月

以為量量者分限度數之不可損益也萬物皆出於
天地也無非天地之體日月五行四時之屬也大者
人之男女小者草木鳥獸以至於一蟻之微一草之
細皆陰陽五行之子萬古不變者也動者之羽毛鱗
介在天在地在山在淵植者之根榦枝葉華實以夏
以秋以冬其色樣形色時節度數如彼如此如鳧短
鶴長燕春鴈秋馬健牛順之類雖有萬不齊而各止
其所各正其性各從其類各有其時雖歷千古萬古
其數之可計者未嘗有一物之增减其形之可象者
未嘗有毫髮之損益也雲雨霜露風雷雪霰天地之

所以生成萬物也其鼓動吹噓濡潤凝固以為萬物之始者自有天地以来未嘗有一日之不同也此與天地皆其形體之極而其所以然者無非理性之當然使非理性之當然固不能以然而不变也若夫天之徤也萬古無息地之順也廣厚無疆此其性之極亦理之所以然者不可变也地靜體也天動用也天高智也地卑禮也此其理之極亦其性之所安也惟其然也是以日月五行晝夜寒暑風雲雨露得以流行乎天地之中而萬物得以成此蓋其極之極是為萬化之主然亦不過理之當然而已合而言之天地

日月四時萬物凡其然者皆理之固然性之本然形體之極固不足以言也是故六合之中惟一理性皆太極之分全體雖曰無聲無臭而森然曉然於目前者無非理性之當如此固如此不可得而損益也程子所謂體用一原顯微無間者此也此天地之極也若夫人則雖天地之所生而中於天地自為一位其形體情性雖皆出於天地而其知能心力之所極與天也同是不可不分而異之而與天地並為三也身之一也肢之四也臟之五也指分而各五也竅之九也腑之六也毛髮爪甲膚肉筋骨血氣聲貌億兆而

一也千古而同也日月所照未嘗有一體之不然也五事五性五典五教五禮五器五刑五服之五也四德四端四教之四也三綱三達德三物之三也男女夫婦尊卑內外長幼貴賤是非善惡老少生死之二也良心善性之一也千古萬古而不變也此其數則然也至於其理則其一體各有一極充之則為大學之至善不充之則為過與不及充之則為至誠至道至德不充之則不足以盡其極若舜曾子之孝之類亦千古萬古而有定也無他理義度分至此而止不可得而變也形體非理性則無以為之理性而非形

體亦無所憑而行乎日用之間其静而與形為一者與動而以心為主者固常相孚相傳每相樂而未相離也此人之極也莫非義理度分之至極故與天地為三極而為各一太極之體也太極一也而分為三固未嘗不一何者太極者道之至極各得於道則不相悖而合為一家合為一家則一太極而已非惟天人也蓋與萬物亦一而已矣物雖萬而同一極也若夫三才則其名義之所傳亦必出於三代學校之講明三者雖並稱而其意則尤以人道為大才者能也三才者天地人各有所能也孟子所謂不學而能之

良能是也孟子所論指人而言而以為天地亦有之
者非輕侮天地也天地葢實有之又以列人於天地
歟其不以七尺之軀而自小也夫良能者性也剛健
悠久生人造物天之良能也柔順安貞持載生育地
之良能也愛親敬兄忠君弟長仁民愛物善善惡惡
人之良能也行日月動風霆作雲雨飛霜露感四時
育萬物無一不得其所不盡其理不如其分者天地
之良能也横渠張子所謂鬼神者二氣之良能是也
應萬事裁庶物居上則展其治國平天下之用以極
於日月之照臨居下則藴其治國平天下之體以合

於鬼神之精微一得其位行其志則一日而彌六合小得其位有其職亦有三月大治三年有成七年即戎之效此人之良能也不過四肢五臟九竅五事之身而已夫子之所謂可畏孟子之所謂養而無害則塞于天地之間者此也不惟是也天地之力固有所不至而惟人為能成之中庸之所謂參天地賛化育易所謂財成天地之道輔相天地之宜書所謂燮理陰陽地平天成六府三事允治時乃功與乾彖傳所謂御天者是也御者依帖扶持以翼其行而遂其至若臣子之御君父在帝左右是也庶政萬事禮樂教

化井田學校脩身齊家治國平天下皆君臣上下之所以賛化育財成輔相燮理平成而御天地者也不然天地之理有極而其用有不能以自至故必待人而後成也然則人之為人也亦大矣並立為三豈不可哉故曰天斯昭昭之多及其無窮也日月星辰繫焉萬物覆焉地一撮土之多及其廣厚載華岳而不重振河海而不洩萬物載焉水一勺之多及其不測黿鼉蛟龍魚鱉生焉貨財殖焉又曰窮則獨善其身達則兼善天下又曰孩提之童無不知愛其親及其長也無不知敬其兄也此所謂良能也夫人之所以

參天地而為三才也如此是豈可以自小哉無他得太極之全體以為寂然不動之體感而遂通無不到也然則人也者豈徒六尺七尺之軀而已哉○唐一行梁令瓚之説所以可信者蓋以夏至日中之日在嵩高之南十二度開元九年遣太史監南宮説等南北立表之所測北至蔚州南至郎州三千六百八十八里九十步而晷差一尺五寸三分則鄭玄等所謂千里而差一寸南戴日下萬五千里者亦疑事而質也以南北地里計之南戴日下去嵩高僅五千里在天則為十二度以此較之一度之廣四百餘里全體

之周十六萬里誠可信也前後儒者及朱蔡之言猶用鄭玄盖於唐晋猶未詳也○或曰天地之極萬古不可变矣而自晋宋以来有歳差之説堯典四仲之中星詩之定之方中七月流火左氏之龍見而雩漢之冬至日在牽牛初度唐開元在南斗十三度者今皆不可用矣盖自一行以来定差法八十年九月有竒差一度推之三萬年當差一周復如堯時康節一元之數當四周如堯時是亦所謂極而已矣周時夏至上圭尺有五寸之景在洛漢以来陽城唐宋以来在汴之浚儀亦此一類是皆理之當然不足以為疑

也○伊川指康節面前卓子問此卓安在地上天地安在何處天何所依曰依乎地地何所附曰附乎天天地何所依附曰自相依附於是為之極論以至天地之外伊川嘆曰平生惟見周茂叔論及此至今不知其所論云何愚見以為此事亦未嘗不可知但須默會潛契而後可凡物各有内外惟道無外天地即道體也不容有外如佛家一重之外又一重也物各有外此天之外猶別有之則其盡處之外又當有環繞之者其所環繞又當有外有盡所盡又當有外如此則雖萬重百萬重千萬重萬萬重亦不能盡如此

則如只消此一箇天無在不在之說不勞思想矣太極者道之至理之極也有形有性至此而極此外若有異形別樣即非理可怪矣如此此則雖萬重天地萬重人物皆徒勞如何只此一天而無所不在定于一而又無所勞矣竊意康節之所極論大畧不過此試詳所謂自相依附可見也繫辭夫易廣矣大矣以言乎遠則不禦以言乎邇則靜而正以言乎天地之間則備矣不禦者無二無外無窮也靜者不勞不煩即易簡也正實理也所謂誠也其他皆妄皆非也皆勞也備者具足無欠無欠則無二無外矣有欠則有二

有外不可以言備也言備則不容別有矣竊意庫節與伊川所論不過如此太極三極之極初即此意謂極至而無以加也若此天地之外更有天地則此太極只是一偏而有二有外有加矣○晦明治亂善惡升降君子小人三極之中不能免也惟異端者在三極之外是乃六合之中之所無道理之所不宜有矣謹思明辨之學學者之所當知也無他理之所無不可以為有也

問明德是性是心

以經文德字與傳文顧諟天之明命章句人之所得

乎天與本體之明論之則所謂虛靈不昧者謂性不謂心亦未嘗不在其中然此但當主性而言德者得於天也天之明命天使我有是也皆所謂性者也虛靈不昧釋明字傳以明命釋明德則命亦可謂虛靈不昧況性乎且大學一書本末具備若因虛靈止以明為心則是萬世道統之書性學已明之後反遺却原頭最上一層但自第二層說起不足以為本末之書矣又自格物至脩身五條皆所以明明德正心其一條也正心所以明明德則心與明德自為兩物猶盡其心者知其性也心與性自為兩物不可混也今

以明德為心則所謂正心者為正其明德耶凡心多
主已發言惻隱羞惡辭讓是非之心是也性實主未
發言仁義禮智是也四端其發動處未發動處時則
為仁義禮智之性非有是理無以為是端也是故大
學之明德即中庸未發之中明德而止於至善即致
中其為新民之本即天下之大本也大抵性者天命
之一原人之所同得其不能不動則為心心與性本
亦非二物所謂道心仁義之心所謂本心良心者是
也聖聖相傳日見五常之用皆不慮而知不學而能
考之天下萬世而一求之靜而本無以見之動而復

有動之有非静時本有則不能故并動静同為有若是者非得於天乎不爾故尊而名之曰性既得於天也又尊之曰命若夫心則人之知覺居身之中為身之主人之應物裁事皆心之為故不能不與性命為異體而有動静之分然其無人不有無事不本歷萬變而無或移遷諸日月所照而無不同者盖性與姒合而為之主故也如此則直謂之性亦可故曰心為太極又曰心一也有指體而言寂然不動是也有指動而言者感而遂通天下之故是也又曰天命率性即道心之謂也觀是三言則心即性也盖性本無為

非心無以行心為動物非性無以範故心為性之郛性為心之理蓋本動靜二體為一使靜者有以行而動者有所主是皆天之所為也聖賢之論有說心似說性說性似說心者蓋為此說心似說性者道心仁義之心本心良心是也說性似說心者共惟皇上帝降此仁義心心兮本虛應物無迹與康節明道晦翁之言人生而靜天之性也感於物而動性之欲也命也有性君子不謂命也與此釋明德而謂之虛靈不昧是也虛靈不昧亦可言心然明德天賦於人人得於天之本體所謂天命之謂性也虛者其本體也靈

不昧兼體用言然亦得於天者本來如此故動能如此故靈不昧者純以本體言亦可也猶着之德圓而神者用也然着之性本如此故於動時而見故曰著之德德與此明德之德同皆性之謂也虛以具衆理天下無性外之物性中只有箇仁義禮智四者是也靈以應萬事感於物而動性之欲也能盡其性則能盡人之性能盡人之性則能盡物之性是也所以能盡此者皆心之知覺故心統性情雖與性合而不能不為二體不與性合則常無主而不正之時多不為異體則無以見夫天命之全體與人之神明不測之

妙用非天命之全體則人極無以立非神明之妙用則人事無以成心性之學未分則可蔽以一言曰道心性之學既分則天命之全體不容不單行獨出以為天下萬世之大本大學之書本末具備根原有據之書也明德之云心性之學既分之後也不謂之性是遺却最上一層也太抵除却人心則道心與性只是一物故文公教子詩云性外初非更有心只於理内別虛靈然性者天命之定體心者人之妙用二者須合分別故文公詩繼云虛靈妙用由茲出故主吾身統性情此詩足以 盡心性之義矣心雖為性之郛

然自一原而論則性外無心故以虛靈釋明德無不可也且虛靈雖主於心而性亦非死灰槁木謂性非虛靈不昧則是人生而靜之靜與佛氏之寂滅同矣性字從心從生無為而無不為者也學者豈容遂死也哉

問此謂知本此謂知之至也文公以知本一句為衍文嘗以物有本末推疑其正為本末章之結語蓋物物窮至其本原處故所以為知之至也或以本末為格物章錯簡然乎否乎

大學錯簡經伊川文公更定已審不可以復疑矣君以此謂知本為本末章結語而非衍文則本末章之末已有此一句不容重疊若以此謂知之至也為本末章結語則本末章只以使民無訟大畏民志發明明德為本新民為末之意正為經文本末之傳無格物致知之義若以本末終始為格物致知章錯簡則所謂先後者先明德而後新民先知止而後能得先其本而後其末也於文理為順格物致知者下學而上達自事事物物上窮到萬物一原處先其末而後其本也於文理為不順又以此四句為錯簡則此謂

知之至也一句當是格物致知章結語於此四句何所屬次之則近道矣之下則下文又不可解其為脫亡復自知也又本末章此謂知本一句為釋經文本末之辭今以本末為格物致知之傳則此一句遂無所歸由此觀之則其非格物章錯簡明矣

問言顧行行顧言夫子以為君子之慥慥言必信行必果又以為小人之硜硜何也南宫适躬稼之問夫子以為君子哉若人樊遲學稼之請又以為小人哉何也

學者於聖人之言當謹思明辨審視詳說則其所論

是非善惡高下大小可以盡見而無遺人之一身言行二者而已言顧行行顧言二者學之第一義是蓋檢身克己之實學而其所以然者則以言之易而行之難也何言之易也人心各有天賦之良知其於善惡是非無不能見其出言立論教詔號令諫爭敷陳皆知以善為是以惡為非善為可行惡為不可行其聞於人之耳見於人之目者無不善無不正也及其反之於己則徃徃為外物所牽私欲所蔽平生之言鮮有能踐甚者明知其善而棄之不為明知其惡乃不能自免而為之聽其言歷歷可觀考其行八人不

揜蓋雖賢者不能自免也是故聖賢之教人君子之
自立學者之講明莫不以此爲先務其大要則惟欲
實其所知所言在上者欲無愧於下在下者欲無愧
於鄉朋友使皆信任倚恃而免於徒能言而不能行
之罪也顧者反而視之也言顧行者行常不足故常
訒其言而不使之過於行所謂言之不出耻躬之弗
逮也行顧言者言無不善故常勉其行而不使之不
及於言所謂先行其言而後從之所謂耻其言而過
其行言不過其行則常無有餘行及其言則可以無
不足若易之謙卦以山之高裒其多而抑之於下以

地之卑益其寡而進之於上言之有餘山之高也行之不及地之卑也詡其有餘裒其多而抑之也勉其不足益其寡而進之也是故中庸之德由是而篤慥慥謙之君子由是而尊光不可踰慥慥篤實之貌尊光篤實之德也是故君子之言行相顧即易之謙卦以裒多益寡而實君子之言行亦以裒多益寡而實實則言無不信而為順之謹言語行無不果而為蒙之果行一身而易象備也若夫硜硜小人之信果視此則有間矣何者君子之信信於內硜硜之信信於外不過若尾生之信女子魏文侯之信虞人而已所

謂好信不好學所謂君子貞而不諒匹夫匹婦之諒是也君子之果果於內硜硜之果果於外不過若從一之婦人不畏死之伋壽而已所謂果敢而窒者也君子之信果則克己誠身人一己百人十己千之學若三省之曾子是也彼硜硜之信果則鄉黨自好之人智不足而勇有餘者耳小石之堅確小人小夫之歖歖而猶有所守而似於徇非易之所謂小人故亦得為宗族稱孝鄉黨稱弟之次而猶為聖門之所不棄其視曾子子思之學何啻萬萬不侔也禹稷之躬稼盡心於天下同室有鬭被髮纓冠而往救之之義

夫子之周遊七十二國亦此心也當時如晉六卿魯三家齊陳氏皆以力爲雄而夫子獨以堯舜之道禹稷之心行於世南宮适察而知之故不欲明言而以其意爲問夫子當時亦知其意之在已故不之荅而於其出也以尚德君子稱之不荅者謙不敢當必稱之者不可沒其人尊德卑力出人超世之見也若樊遲則遊於聖門當以顏曾之學爲學顏曾之問爲問窮則立身達則善世顏曾之學問也不此之問而稷以小人之稼圃而請於聖人之前陳相棄其學而學許行猶見斥於孟子樊遲在聖門而不以勞心治人

之道為學乃以勞力治於人之道而請於聖人夫子
安得而不鄙之夫子而不鄙之則將使天下胥為陳
相許行而堯舜三王之所以治天下者將無以為之
主民無以立命而天地亦無以立心矣硜硜之小人
猶為可取樊遲之小人則其流弊將如洪水此聖人
所以闢之也稼圃之事窮居之士俯事俯育或不能
免若舜伊尹陶潛龐德公諸葛亮是也如不能已則
耒耜笠簑儕之野人亦何不可而以為學則過矣夫
子少賤多能鄙事獵較釣弋無不胥為乘田牛羊茁
壯蕃息后稷之荏菽禾役麻麥瓜瓞夫子之聖當無

不知兒童少年之日必嘗有以此而聞於東西家者
樊遲之請學亦當以此夫子之聖豈老農老圃之所
及而必斥之以為非者君子之學欲為民立命為天
地立心固不暇於耕也居禹稷之時斯禹稷矣在衰
周之末則當為道統之計易地則皆然也學問講論
不可不詳信果美德也而有大小虛實之不同稼圃
生民之本也而君子亦有不暇為之日大人者言不
必信行不必果唯義所在信果之大也硜硜小人信
果之小也言顧行行顧言信果之實也硜硜小人信
果之虛也大人君子之信果蓋惟知檢身克已不期

於信果而未嘗不信不果小人之信果不知檢身克已之學而但為好高求異之行鄉人皆以為信果而自君子觀之則其無得於道而不信不果者猶多也名有同而虛實不同行有同而大小不同是故曾皙之狂不顧行不顧言德愈於硜硜之小人徇者之顧行顧言未離於硜硜之　小人顧言顧行美德也而有大小則信果之大小可　知也耕稼舜與伊尹為之而夫子之門則不可為所　謂時中者也生民之本而孔孟有所不暇為其志有　在而其義甚大也學者深求聖人之志與吾道之大　我則知之矣小人不可為而

硜硜之小人不可棄稼圃之小人但聖人之所不暇爾非薄之也申生荀息之死與東漢黨人之蹈徹皆未免於硜硜之信果此又不可不知知此而後明聖人君子之道

問仁者安仁智者利仁安與利仁知之所由分也朱子釋中庸安行利行之說則以安行為知利行為仁何邪

四書五經中發明義理之學及程朱註釋從横反復曲盡精粗仁義禮知萬事之綱也而仁知二者居乾之四德首尾而括亨之禮利之義於其中知雖屬貞

居四德之末而元之起常於貞仁之成常於知今之學者往往大仁而小知而不知知先仁後皦然於四書易之中知有大小仁有精粗而聖人之安學者之利未嘗不先知而後仁也何謂大小有日用全體之知易之所謂知崇效天是也有日用常行之知所謂或從王事含章之知是也何謂精粗有天地全体之仁文言之以元為仁繫辭之顯諸仁是也有日用常行之仁文言之仁以行之復卦小象之下仁是也然大意常以知為先如中庸以知居仁勇之先以舜之知居顏仁由勇之先至後面說誠則以自誠明自明

誠揭下十一章天道人道之先末說川流敦化則以至聖聰明睿知為寬裕溫柔之仁發强剛毅之義齊莊中正之禮文理密察之知四者川流之首以聰明聖知達天德括大經大本化育三者敦化之後子思之意其可見也大學以明德為一篇之主明德即知也一篇主明德八條主格物致知豈非萬事皆知之用乎安行則生知之眼界利行則學知之日用安行利行一皆生知學知之用亦若天地以日月為天地無日月則萬物皆不可得而成矣天地以日月為天地人以耳目為人群生萬物皆日月之照臨四肢百

骸皆耳目之揮發堯舜以聰明睿哲為德之先以克明俊德為治道之先文王以日月光四方夫子以日月照臨當時後世而洪範五事以睿聖為主未有仁而不本於知者也仁人心也心主靈覺發用凡仁之流通溥博無所不到者皆知之所到也仁者公之道也先儒曰公近仁又曰通也醫書以手足痿痺為不仁先儒以為最善名狀夫痿痺者身之不通處也一處痿痺則一身為之掣而不得行仁之為道通而已夫通也者知也仁之所到皆其知見之所到也是故仁者安仁亦猶耳目與人並行無一處相離也但不

思不勉而已是亦以知為首也知者利仁固非上知之知亦其聰明不昧九公處通處皆見之而不能忘故常依循貼傍而不敢違論語所謂依於仁是也其所行固不違於仁亦皆以知為主也安行與利行其分則仁也其等則以生知安行為知學知利行為仁夫安行何以為知蓋其行皆生知之所行也如草木之枝葉華實皆其根氣之所到也安行雖雜然生知之則自能之耳此生知安行所以合而為一而知居先為主也學知利行學者之事也是為日用常行之仁務之仁以行之論語之依於仁及凡問仁問為仁

者是也然皆不離於學知之事是亦以知為先者也其分則知為知仁為行其大體則知常在仁之中不以安行利行而常為仁之主循天之日月無一物之離人之耳目無一動之遠也其厚薄安利之不同者不過若日月之有晴明雲霧耳目之有老少而已觀堯舜之以欽明濬哲為首五事之以睿聖押五事之後為主中庸之以至聖聰明睿知標小德川流之首以聰明聖知括大德敦化之後則於明問之疑亦皎哉乎可以效愚見矣夫聖者無不通之謂也生知安行之總為聖人則固以知為主矣賢者希聖者也學知

利行之知皆希聖之事也亦不過常背暗而趨明耳
或曰中庸之第二十章先言脩身以道脩道以仁而後及於知行二者一篇大意終大德敦化而以肫肫其仁淵淵其淵浩浩其天之首則是以仁為先為大也曰脩道以仁之下緣而繼之以不可不知天而遂鋪陳五達道之知行而以知為先行為後末後肫肫之仁結之以聰明聖知達天德分明是主仁為人道而仁之成皆知之功也子思次序極為不苟

問告子曰生之謂性又才稟於氣程子之言晦翁引之以為察於孟子何如

字各有義見其義然後知所以體認服行故程氏字訓晦翁以為一部大爾雅謂其有關於學者之用不少也愚讀孟子及晦翁註於告子上篇有可論者二焉一則本意非而義則是生之謂性是也一則本意是而義未安註中舉程子所謂才禀於氣是也生者生而知之能之之謂也其字從心從生謂生為性正未害氣質之性生也仁義之性亦生也氣質之性出於氣仁義出於理二者皆本於天非生而何凡天下之不慮而知不學而能生而然者皆性也天地日月四時風雨霜露山川草木禽獸皆性之所為也皆生

而然者也人之仁義禮智生之性也飲食男女之欲視聽言動之用雖出於氣皆生而然亦不可不謂之性也五氣之運叅差不齊清明之純千百不一昏明強弱理所宜有謂之為性亦天下之同言也惟夫天理精微道心難見故如告子之徒但知有氣之一偏然昏明強弱知覺運動必不以為性亦難齊孟子蓋嘗自言之矣所謂動心忍性所謂耳目口鼻四肢之性是也其答告子但當與他別去氣質仁義之性氣質之性萬殊仁義之性一本氣質之性雖生而稟仁義之性可學而覺氣質之性可變化仁義之性無轉

移若猶未達則以四端之不息明之告子雖蔽固亦當通透不合為天下人只認得氣質之性無君子不謂學知利行困知勉行之志孟子平生痛憤此說故因告子之言闢之一時只要打得他箇俗意見去故於所謂生者力排之然性之義須着謂之生不可以孟子之言而遂以為戒也大抵告子不知有仁義之性孟子於氣質之性亦未及講明分别出告子識氣不識性孟子論性不論氣所以如此而告子亦終不信服復有食色性也之言使孟子横渠同時相遇則無許多紛紛矣才者能也所謂良能是也天地人謂

之三才者各有所能也覆燾運行天之能也持載生
育地之能也愛親敬兄忠君弟長仁民愛物善善惡
惡人之能也孟子所謂天之降才所謂非才之罪所
謂不能盡其才　者此也蓋天命之性不慮而知不學
而能凡天地間日用當為之事皆人之所能也生而
能之者其本然也學而能之者亦其本然也非本有
之雖學不覺也程子謂才稟於氣固是然以昏明強
弱為才則將有所局而變化矯揉不可施矣才者能
也才之所能止於此則其所不能者誠不能而斈問
廢矣不可以不思也晦翁以程子為密恐須商量

問孟子曰盡其心者知其性也朱子以知性
為格物盡心為知至及大學或問中舉此語
又繼以存心養性為誠意正心心與性一也
前後所指若是之不同何耶
天開文運朱子之學為吾儒所宗四海翕然斯民之
幸然朱子之學所以得天人之心如此者亦惟得其
源而其流無不正耳先哲常目荀楊之學曰不識性
更說甚道性者百行之源而心則其宅也得其源而
以心養之於靜察之於動則沛然其流萬事無不善
在下則身脩家齊在上則國治而天下平矣朱子之

學既行吾黨之講明體認莫急於此孟子盡心首章二句及文公註結末二句實古今聖賢先哲心學性學之至要也蓋人爲天地之心心爲人之心故孟子當世變之下以正人心爲主而其所以可得而正者以天之予人不輕不小而復不離於心之中求之不難得之甚易而人自不知也性也者天之全付於人不離於心者也性靜而心動性無爲而心主知覺孟子二句不過使人以其知覺用其無爲者而已是故七篇大意主於正人心而發其所受於天而不離於心者以爲之標的使人體認以爲正心之本首篇首

章仁義二字已見大體第三篇四端為畧見心之涵
性第五篇首章遂出性字以為七篇之樞其中数篇
如經正則庶民興人倫明於上小民親於下等語大
抵皆循性以正心至第十一篇因告子之言遂反覆
主張發明以極言性之善首尾凡二十章始備至第
十三篇平生大意垂將結末遂於篇首盡心性之全
合而為一而其用功之本末則以性為先心為後性
為樞紐根幹而心以盡其枝葉華實也夫心也者人
之所以為人行乎萬事萬物者也盡心者盡其涵性
一本體使無所不到者也是乃人之本心所謂道心

與人心無毫髮之相關也性者即心之所涵也天之所賦仁義禮智動則行乎萬事萬物靜則寂然於中常為天下之大本也性非心無以為宅故康節先生曰性者道之形體心者性之郛郭然心雖為性之宅而其在人則主知覺故雖涵性而性之體面容貌皆心之素所知識是故性之用行於事物皆心之主其發用實居其動靜之關紐也人以心為用而心常涵性以為根籍性以為用而下民皆不之知但見其心之所到無不是而已不知其所到者心之盡其為無不是者則性之性乎其中也人之於世於人於物惟

心故但無不是則為盡心而其人亦遂為聖賢君子而實皆性之功天之力也故曰盡其心者知其性也譬如草木之枝葉華實盡其分量人見其成而不知其根皆天之賦予其成者皆其根之實也天者性之所從出也全體皆天者也識性則識天不待於他求也故又加以知性則知天一語以盡其真源而使之無遺上二句非此一句猶未盡也朱子所謂知性物格之謂盡心知至之謂尤細大學之格物致知物格則知隨之而至本合而為一節其文不容無先後其事則同一時非若致知誠意正心猶有先後之分也

知性盡心二者相涵為一動則俱動靜則俱靜方皆
物格知至之本無先後惟性該萬物心主發用性為
本主心主發歛亦不容不分先後而為兩體也性主
理故合於物而以物格為知性心合知行為一其行
之所到皆其知之所到故以知至為盡心晦翁之解
釋亦當詳為之思而後得也此孟子一書最大之義
最盡之辭明乎此則萬理無不通四書六經皆可讀
以大學首章末一節或問中舉其語以續子思中庸
之傳所謂知性者物格也盡心者知至也存心養性
者誠意正心也即與其上文明善即格物致知誠身

即誠意正心脩身語意無異而其義理亦貫徹而無礙存心者存其所盡者也養性者養其具萬理該萬物之性也知性盡心以致用存心養性以立本知性固為盡心之本存心又為養性之要郛郭不嚴不周在其中者必不安故也意者心之動而性實與之俱動者也誠實也實其動使之皆性而不雜於欲也意誠則心正矣亦若知性而心自盡也意誠心正則心常存而性自得其養故大學之誠意正心亦以養其所格所致雖已格已致又當無時不用其力使內外本末交相養也惟格致之功終為大非格物致知亦

終不能誠其意正其心也孟子先言知性盡心繼以存心養性豈非内外交養而盡心知性終為本也不盡不知不能存養也知性盡心盡其用存心養性固其根曾子子思孟子朱子前後古今實同一意明問之疑豈不謂以性為物以心為知之當講又豈不謂正心誠意中無性字存心養性中無意字何以為對豈不謂所誠所正之心意所存所養之性心皆自與前文不相干涉凡此皆慎思明辨之學也愚以為學者能於此一問剖析使之流通則幾矣誠意正心所以養性也養性者存心之功而誠意所以存心也以

此觀之則可以貫徹矣惟以知性為物格事在難明
而實未嘗不可曉蓋不獨未嘗不可曉政自不可不
曉也何者天之生人與物一也人雖為大而未嘗離
於物予茲藐焉乃混然中處蓋合人物為一皆為乾
父坤母之子也理氣同出於父母豈容有異而況於
混合不離得失善惡無時而不通哉所以孝者明彼
則曉此治人則及物所臨所治有一事一物失其所
則性不融矣故中庸言能盡人之性則能盡物之性
晦翁辯釋篇首并心一氣言之以為性則理也徤順
五常之性人物之所同得而不專於人也以為盡心

既為至術合性於物又為至理學者盡心於此庶乎
可以言四書矣

問孟子引孔子之言曰操則存舍則亡出入
無時莫知其鄉惟心之謂與程子曰心本無
出入據操舍而言耳范太史女曰孟子不識
心心豈有出入程子曰此女不識孟子却識
心

此話天地間一大議論不可不明看此說來程子為
盡明道內外兩忘之說尤精蓋心之為物常在我者
也其用則有動靜而無出入其動似出而未嘗去乎

我其靜似入而非自外而來復循其體用而觀之以出入言殆似鄙人之言也其有出入者不過操存舍亡耳其舍亡時皆人欲為主其本然仁義之心墮落失亡而不知其所在無復有可見之迹是出無時而莫知其鄉譬之日月其照物時天地間皆日月也而其本體不去其處譬之水鏡其鑑物時千形萬態不遺纖毫而水鏡之體不隨物而亡也人之應事接物皆心之用物之正邪善惡是非可否取舍從違斟酌損益之公義皆經歷耳目而鑑於心心鑑既受然後口宣之身行之其行皆心之行其言皆心之言良知

良能萬物一貫而其本不離於我也君者使臣臣之所為皆君之事而君之位不離君之處也者父兄使子弟子弟所為皆父兄之事而父兄之位不離父兄之處也及其酬酢既周處分已定而此心澹然於內如未出之日月不照之水鏡渾然其體漠然其迹所謂未發之中也循此言之謂之有出入不可也及其為物所誘為形所役為我所拘則凡富貴貧賤榮辱得喪喜怒愛惡憂畏疑懼千蹊萬徑邪妄偏倚一一皆欲心行事其本然好善惡惡中正靜定之全體皆忽忘委棄若未嘗有得於天命焉者其或良心猶存

内外善惡之分猶耿然於胸中而其見有雜其守不
固利害逆順之境意必固我之私聯息俄頃之際亦
足以揚外物之旌旗而空我之室廬矣凡此者皆所
謂出無時而莫知其鄉也若夫夜氣休息之餘平旦
無為之際事之是非善惡其利害不在己之時與夫
顛倒傾覆而悔悟生疾病危死而初心露其或私居
燕處無所不為卒然而遇光明正大之人則羞惡之
心惕然而動於内當是時也其本然者未嘗不在然
而莫知其來之蹤莫見其入之門也至於致知明理
之極超脱豁悟之新操持護養之密則其本體赫然

而不可攙泰然而不可挺沛然而不勝用當是時也雖有存亡得失之形而其存其得亦莫知其來之蹤莫見其入之門也凡此者皆所謂入無時而莫知其鄉也是所謂神明不測也是所謂乘氣機也其出也氣動而動其入也氣靜而靜也氣動者理之屈氣靜者理之伸以動靜言故皆謂之機也大槩人得是心以為形形在我則心常主乎其中形本皆心之充而亦不能不為氣所使心之體微而氣之欲易張氣之欲張則心失亡不知所在謂之不在腔子裏可也至於覺悟操存則復晏安如故其端倪不可得而見其

往來不可得而跡非神明不測而何文公感興詩蓋諦觀而謹言也至人秉元化以下則所謂無出入者而凡人之初亦無不同也大畧無出入者止有動靜無出入動可言出而其本不離靜可言入而非自外至有出入者其靈根固未嘗不在而利欲好惡紛紜時謂之亡則可矣其入只是仍舊本元然亦由收拾鞭辟而復還也不謂之入亦何以謂之哉明道定性書中內外兩忘之論於無出入尤精約學者試緣此而思之此篇題目不知何處院亭答者二篇皆失之此亦一大題目嘗入思議者畧述管見如此覽者詳之

問伊川易傳序曰體用一原顯微無間康節觀物吟曰體在天地後用起天地先論語川上之嘆伊川曰此道體也天運而不已日往則月來寒往則暑來水流而不息物生而不窮皆以道為體運乎晝夜未嘗已也文公曰天地之化往者過來者續無一息之停乃道體之本然也此三體字何以辨

一字一義有一字而數義者如道之為道本以共由之路立名而有天道人道有君子小人仁不仁之道又有若道千乘之國道之以政道之以德之道其義

之相去若甚遠而究其終皆同出也道者常行之謂
也人道者日用常行天道雖冲漠無朕而實為於穆
不已之常行也君子小人之道仁不仁之道亦謂其
所行而已道千乘之國治之以道者也道之以政道
之以德引之使歸於道也者體字之義尤不一有本
體之體程子所謂體用一原朱子所謂費者用之廣
隱者體之微所謂即陰陽而指其本體不雜乎陰陽
而為言者是也有體段形體之體繫辭所謂易無體
禮記所謂禮者體也所謂無體之禮孟子所謂一體
具體邵子所謂體在天地後用起天地先是也是故

體用有二有具於無而行於有之體用體無而用有也體漠然而用粲然也程子朱子之所謂體用也有立於有而行於有之體用用有而體亦有也體止定而用行動也邵子之所謂體用也論語川上章三體字其義亦形體之體蓋與邵子所謂性者道之形體朱子以己欲立而立人己欲達而達人為狀仁之體相類蓋與體段之體同為有形狀皆在天地後而其旨則與截然有定則者微不同也聖賢君子以文載道以字成文字義不明背於聖賢之言先哲之訓皆不得其義味於博學審問慎思明辨篤行之學亦不

得其精至終為鹵莽滅烈之學是三體者須愼思而明
辨之亦一部爾雅之一門也程子曰體用一原顯微
無間此論易也用六十四卦有大有小三百八十四
爻以效天下之動是也體一陰一陽之道形而上之
道易有太極是也用者其然者也體者其所以然者
也其然者可見故顯其所以然者無朕故微有是理
而後有是事有是物故先體而後用物者道之所載
事者理之所宅即事即物而道之本體渾然乎其中
故先顯而後微則體用顯微之先後交錯往來播合
爾一原無間之義先見矣體雖無朕而萬象森然乎

其間用雖已形而至理渾然乎其內其體之静與用
俱静其用之動與體俱動若舉而措之者皆所謂一
原也既動之後體全物中與物終始若水之與濕火
之與燥混合為一無少罅隙雖解牛之刃貫虱之矢
無所容所謂無極之真二五之精妙合而凝者也此
所謂無間也邵子所謂體在天地後盖即所謂顯微
無間者詩之物則大學之至善堯舜禹湯孔子子思
之中之庸易太極圖之中正皆是也何以見之即物
則之至盡恰好而不可損益者觀之則見矣凡事物
之小大高下動静方圓其制度分數如彼如此萬古

一日而不可損益者皆理之當然道之固然也即其
制度分數之不可損益者而察之而道著矣故曰道
亦器也物非物器非器無非道之定體也此所謂體
在天地後者也用起天地先即藏諸用之用言道之
體主於有形之後然所以變化而著此體者則在於
有形之前故曰真宰曰造化曰其用謂之鬼神其妙
用謂之神皆此物也蓋貫動靜有無成一條脉如木
幹枝生土上而根在土中水流為江河而源在山中
又即程子所謂一氣者君子之言無往而不相値此
類是也天地萬物一無息而已無息者道之無息也

於穆不已是也而其可見者莫明於川流動極而靜靜極復動一動一靜互為其根無端無始不斷不停其變化皦如也其相代繹如也蓋不止如貫珠之相連此即所謂道也是亦所謂道亦器器亦道是亦所謂無間但彼以混合為一言此以晝夜不舍言也彼以各有定形言此以動靜生生言也彼以定體言此以常體言也是皆所謂形體也皆所謂本來面目也而驗之者莫如江河百川之著夫江河百川之流所謂一也所謂悠也久也往者過來者續晝夜不舍後先不異未知其何時已也天地萬物若是而已天地

萬物之若是非天地萬物也道若是也故曰此道體
也人但見其為天地萬物而不知其為道之常形故
指以示人而謂之道體也欲知道者槪此可見欲學
道者學此可槪也與道為體即無間之義彼則定止
之無間此則其流行之無間也又無間者不息之制
度不息者無間之流行非無間無以為不息非不息
無以為無間也文公所謂道體本然尤為精至蓋不
謂之道體則然或曰當然實然而必謂之本然者蓋
無以見其本體也川流之不舍道體然也其所以然
若又當指出特言之不雜乎川流者而言之也蓋未

然而已然固然而不能不然其義精矣三說雖殊未嘗不一體段形體之體皆在天地後本體之體獨在天地先然所以謂之本體者就體段形體之中指其本然固然者不雜其然者而言之是未嘗不一也邵子所謂體用見於觀物吟猶有可論蓋以水為體以火為用水生於地靜之極故為體火生於天動之極故為用此其意義深遠學者多未及講也水至清至虛能鑑能涵而其動必下其歸必凝瀦體之止也火發動飛流生風化物其動不可禦其去不可留用之行也在人則水魄而火魂水智而火禮水一定虛靈

之性而火應物之用在天則水貞而火亨水冬而火夏體立用行之義皆可見矣須探月窟方知物未躡天根豈識人亦此意物者形體也一定之質也人者仁也生動之道也定體屬陰故探月窟方知物生動屬陽故躡天根乃識人也是亦觀物吟之體用也論語朝聞夕死章所謂道體與川上之嘆是一套言語所謂得聞道則不為虛生盖膚說也與川上章皆是夫子為道傳神開人門路使求之不可不察

問程子答蘇季明問未發之中與羅豫章李延平體驗求中之說

喜怒哀樂未發之中如程子言則當未發時不可以思慮求索惟敬而無失最盡豫章延平二先生教人又有於靜坐中體驗未發之中作何氣象之說二者文公皆嘗講論體察謂二先生之言終恐有病程子為盡又於其中立論以心體流行貫乎動靜未發之時雖不可窮索而常有知覺者在中已發之後所謂中節之和皆未發時知覺之應也是皆然矣竊嘗妄論以為程子答蘇季明之言與敬而無失最盡一語子思本意蓋已然豫章延平二先生之言亦淑得子思言外之意有不可忽者而其病則亦不能無矣蓋

非實有以見之亦何敢以語人至於其病則龜山楊氏已有是言藍田呂氏亦有此病豫章先生之云蓋亦道南之傳授爾朱子之論精矣亦猶有可以補其遺者此天下一大議論苟有見焉豈容不與共學者商之自堯舜禹皋陶仲虺執中協中建中之說見於書夫子中庸二字見於論語至子思所謂未發之中則卓然百聖之後然未必為子思之新聞意者商周之間學校庠序之人亦嘗講論傳授不但顏曾子貢之徒嘗聞之夫子也觀劉康公民受天地之中以生數語可見受中之中即未發之中是以有動作禮義

威儀之則即發而中節之和與時中之中也衷即中
也子思家傳未發之中亦當有取於劉子之受中劉
子之受中當出於湯誥之降衷湯誥之降衷當出於
皋陶謨之和衷衷似兼心而言然亦豈非所謂道心
所謂心所具之理所謂性之郛郭者乎人心之靈古
今一也謂之衷者豈非有見於本心實為不偏不倚
之全體而言之乎未發之中誠不可以思慮求也然
子思非精思而得之非體驗而實有以見之又何以
筆之而為一篇居要之語乎卓然一句所謂通之形
體也非有以見之又何以言之乎人之未發之中在

天則為無極之太極也夫子與濂溪非得之於思而得之者乎蓋若日若月之皦乎心目之間耳未發之中全體之太極也喜怒哀樂未發之中所謂萬象森然各有條理者也已發之後喜得喜之中怒得怒之中哀得哀之中樂得樂之中而后謂之和則未發之前當亦森然各具矣考之已發而其未發者躍如也豈遽不可體驗哉惟着意容力必於靜坐時求之為不可爾程子之意子思當時已具子思意謂天命自然之全體萬善皆具實天下之大本無聖無愚莫不受而有之觸之則動用之無窮時出閒發不可禁止

無以害之則若水火藪澤之日用不待思慮考求而後得思慮考求不惟反有苦心勞力之害又將使天命自然人人各具隨感而應之體反為艱難不易得之物故斷斷然不顧疑議不讓師發立一言曰喜怒哀樂之未發謂之中夫喜怒哀樂之未發與敬而無失何以謂之中其意若曰是理也天之所予具足渾成身正心平即此而在起意討求反陷茫茫無下手之地即喜怒哀樂之未發而戒謹恐懼以持之則黙然而自在但謂之喜怒哀樂之未發所以明古今天下之公共人人各具之全體以為萬理動靜出入之

府以為人極之主宰百聖之綱領先立戒慎恐懼一句為致中之本則所以嚴人欲之消長有無以為此心出入存亡之大機蓋本體固無不在然非戒謹恐懼以保之亦不能自有其有矣此與程子之意兼同蓋為存亡之機可畏者言也雖然子思程子之義精矣豫章延平之義亦未宜盡以為不然何者人者天地萬物之靈也天道無為故其中正純粹於穆不已之全體皆有所不自知如麟鳳龜龍之為神物而各不自知其所以然者人心有覺故其於天地人物之理所謂體統各具之太極未發已發之中不偏不倚

無過不及之全體常瞭然於心目之間特惟未發之
中於自已未見時役心容力以求之反以昏冥迷罔
而莫知其鄉求之不已且將以勞苦無得而自廢至
若此心無欲義理流行之際與夫格物窮理豁然貫
通之後蓋未嘗不見其參於前而倚於衡也在聖人
則欲之斯至目之斯在此身動靜無在而不與之為
一若目視而耳聽手持而足行者蓋與天無異也而
其時時自見則猶有天地之所不能者所謂鼓萬物
而不與聖人同其憂者爲是也自聖人以下如顏子
之虛明當常見其卓爾自顏子以下亦當時時在在

有不言而喻者何者人心有覺未發之中雖非耳目所及而其不偏不倚之氣象豈能不形於心目之間且夫所謂不偏不倚者必有其形不見其形而何以為言乎夫子曰易有太極周子曰無極而太極公孫丑問何謂浩然之氣孟子曰難言也其為氣也至大至剛以直養而無害則塞于天地之間皆見其形而言之也或問禘之說子曰不知也知其說者之於天下也其如示諸斯乎又曰仁遠乎哉我欲仁斯仁至矣皆見其形者也不偏不倚形也無過不及亦形也不見之不能言亦何敢言見之而後言之者為之傳

神以示人也故謂之氣象氣象不可著意求而亦未始不可求也學者惟以心之澹然時覩之則可眼底無全牛若謝上蔡所謂浩然之氣須於心得其正時識取者其或未得則姑置之時於戒謹恐懼之際以人已之喜怒哀樂之自然中節者察之於聖賢之喜怒哀樂已有定則而無不同者考之復於二氣四時之度萬物自然之則推而驗之蓋人之喜怒哀樂即天之四時人之未發之中即一陰一陽之道也於此求之亦可以因彼而見此矣惟不下主敬工夫不知戒謹恐懼於平常之時而復操求亡子之鼓著捕龍

虯搏虎豹之手於浩浩茫茫之中則徒勞無得而反以自喪矣蓋人惟一心靜則在靜動則在動以已發之心而求未發之中是二心也譬如身在此而問者謂其非已也茫茫然奔走四方以求之至於疲而卒於不能得夫以已發而求未發又何以異於此哉文公酬南軒送行詩足以明之未發之中所謂太極之蘊也所謂心為太極也謂有聲有迹冲漠無朕者也謂無復何存萬象森然者也謂之復何存非有體驗之實不能言也靜時不可容一毫智巧惟於發而中節時察之則可以坐得而立致矣故曰惟應酬酢處特

達見本根特達云者由表徹裏即動得靜一舉而得之也萬化自此流千聖同茲原大本達道也曠然遂莫禦發微不可見充周不可窮也惕若初不煩不待求索惟敬而無失最盡也其下八句皆言不可不敬之意所謂一寸膠謂惕若也惕若即乾之惕若戒謹恐懼之敬也豫章延平之言盖亦得子思言外之意文公所謂復何存見本根亦豈二先生所謂體驗者若楊道夫所問羅先生教人扵靜坐中看喜怒哀樂未發之中作何氣象而李先生以為不惟扵進學有力兼亦是養心之要此言則終有蘇季明呂氏楊氏

之病盖其所謂氣象者不為非而其所以求之者無優游自得自然明了之意而反為心氣之害也然非二先生實嘗有以見之亦不能為此言而於教人之際毫釐不審遂為有病之語爾大畧未發之中一思而得可也必思而得不可也時時自覺可也求索而冀見之不可也合在人在己者而總觀之可也一於自己靜坐時求之不可也必於己而求之惟敬而無失最盡也子思程子之意與曾子教孟敬子三言畧相似彼兼用言此亦未嘗不包用也不過天命自然乎時保之則不可勝用矣文公或問於未發之前宜

其不待著意推求而瞭然心目之間矣一有求之之
心則便為已發固不得而見之况欲從而執之此說
甚的若其心貫動靜之云尤足以辨吾道異端死活
枯潤之分所謂伊川用敬不用靜尤學者所當深察
惟未發之中為天下之公物天人合一視之可見求
之可得惟不可於自已未得之時勞心以求之蓋人
之未發即天之太極天之萬化已具於太極之中則
人之萬善亦當各具於未發之中喜怒哀樂中節之
和則所謂萬善也未發時不先具則發時中節者非
自然之用而其於省察者涉於人為而未必能盡合

於理矣蓋即孔子一貫之一而其所貫者皆各具於一之中故聖人之動則無不貫賢者之動加之省察亦無不得也文公前後之說皆謂靜中惟有知覺如鏡之只有明未有所照之影此中之全體也是則固然然心為太極其發而中節皆其良知良能謂未發各具夫豈不可若謂未發時惟一渾然不偏不倚之全體到得感而遂通時自然隨事逐一覺其當然其一一中節之和只是一箇本來全體樣子如此言或亦可然以萬物皆備言之則未發時儘含得許多道理故謂未發之中是體統太極而各具之太極亦已

極其中無不可也文公固嘗謂伊川所謂靜中有物只是太極既謂之太極則謂之萬理皆具夫豈不然猶有一說先儒未嘗言惟饒雙峯嘗及之子思曰發而皆中節謂之和皆之一字猶有微意蓋四者有一不中節則其涵養省察工夫必有所未至乾道變化各正性命而後足以保合太和四者有一不中節則體用皆有缺矣四者一體也一不中節三者能皆中節乎四時一氣也一時有盭則稍牽連而皆病矣於此求之亦可以得未發之全體矣猶有一說未發之中無在不在不可道發時純是已發但一箇發時其

它都是未發只發者中節則未發者其發亦自中耶
只就發者操存省察不使之有不和便是敬而無失
也此箇敬中動者自行靜者自在伊川用敬不用靜
正為此學者試思之

[illegible]先生遺集卷之八

石堂先生遺集卷之九

宋寧德　陳普　尚德

字義

字義序

予舊嘗作韓伯循字說，謂性命道德五常誠敬等字其在六經四書，猶斗極列宿之在天，五嶽四瀆之在地也。舉斗極列宿則天之全體得，舉五嶽四瀆則地之全體明。明於性命道德五常誠敬等字之義，則六經四書之全體可得而言矣。世之知書而或不明於道，不得於聖賢之心者，未明於此等字義故也。明於此等字義則萬户千門以漸開闢自當如寐之得醒矣乙巳歲樵丘叔文之仲子和仲年七七從予學每講說遇此等字必為之深論而多言之和仲每聞輒竦然察其貌若有以真契默會而自得於問答之外者雖蒙其家學源流端的淡洽是亦其所受於天者清厚與等夷異故也歲晚相别取所論之深切簡明足以備其義者序列條分并與其他工夫門路狀形立的切要等語亦為之稍抽發闢析以附其後合凡百五十三字以授之使不忘盖多於程正思而少於陳安卿者學患不得其門耳予其勉之由門而堂而

窒吾嘗討日而待矣冬至前七日書

天

穹窿而圓者形也其實是箇輕清之氣以遠成形也其氣本深黑杳冥與日光合故青周天三百六十五度四分度之一非有分晝乃其常行之節度也每度四百里一日一周天而過一度三百六十五日三辰與日會為一年是其行三百六十五度四分度之一繫此而命也北極高出地上三十六度南極退入地下亦三十六度故其行自東而西常斜不正夜子半後轉向地上之南晝午半後轉向地上之北皆以北極高

南極下之故也赤道北是為日行之道冬至後進向
北春分後入赤道北以為暑夏至後退何南秋分後
出赤道南以為寒所以成四時也以其主宰萬物故
謂之帝帝即天也以其運行生物莫非道理之自然
故謂之道道程子曰天專言之則道是也○天以日為
天無日則無光明與四時也以月配之為之宅其日
食者月行四時則有八道出日道其與日道交處日
行適在焉而月亦適來與相遇故揜日之光而日食
日而至望則其交處適與日相對月亦適來故為日
所射而食日食朔月食望為此日光常有正射處謂

之闇虛故五星來亦死月來則食蓋日者陽之精物莫能抗故其光明四散而其正射處必黑暗月者陰之精陰每乘陽故日與親近及為所揜亦若火之遇水也然天下有道君臣無過日有當食月常避之而不食天人之際有天下者又當知也、

太極

即道也一物一萬物一極至也理至此止不可損益故謂之極止有此理無以尚之故謂之太極未有天地萬物先有此理故為天地萬物之本而在天地萬物之前既有天地萬物則凡有定則常分而不可易

者皆太極之體也故為天地萬物之理而在天地萬
物之後又凡有形者有去來生滅而其理常在天地
間而不息故常洋洋乎如在其上而為萬物之主也
一物一形性各有所止也萬物一未動則衆理已具
於全體之中既生則不同而實相通一以貫之是也

乾

徤而無息○晝夜無息四時無息萬古無息此所謂
至徤

坤

順而含厚○天皆通也地者順乎天者也積順故含

孚

元

乾道之全體也在時為春在人為仁

亨

乾道之流行在時為夏在人為禮

利

乾道之成萬物各得其宜也在時為秋在人為義

貞

乾道之正固在時為冬在人為智○亨之為禮也文明之盛即夏之萬物相見也貞之為智者正固則不

雜而虛明為萬物之照也

無極

太極道也以其無形之可見無聲之可聞故謂之無極○周濂溪先生怕人將太極為塊氣看故以太極之妙示人加此二字於太極之上不過謂其無而實有有而復無形聲之可見聞故曰無極而太極太極本無極蓋文理當然非太極之上又別有一箇無極也○太極即道也可以心見而不可以目見可以心聞而不可以耳聞故謂無極

太和

天地間沖氣常常無息者也

皇極

皇者君之稱極者至極之義標準之名蓋立於天下之中事事皆盡其道之至以爲四方之標準也

陰

柔順卑靜方耦小暗濁寒惡殺

陽

剛健高動圓奇大明清暑善生

剛

陽之質也在人則剛之善爲強毅爲果決爲幹固其

惡為暴猛為強梁

柔

陰之質也在人則柔之善為温良為恭順為慈愛其惡為巽懦為不果為諂媚邪佞

鬼神

鬼者歸也去而入於無也神者伸也來而出於有也即太極之動靜人與萬物萬事之生死去來以其能往能來則是常在虛無之中為萬物之主宰此祭祀之所由生也

神煞

神者往來出入妙而不見其跡也妙者無痕無跡無

角無圭輕利神速活潑潑地也

主宰

主者為萬物之主宰裁制也裁制萬物各有制度各

有當然而不可易也

造化

造謂作成化謂變無為有

化工

即主宰之謂也

變化

變者道之初動物之初生化之漸也化者物之既成道之定體變之成也

幽明

幽即鬼也去而入於冲漠杳微也明即神也來而出於光明顯著也

屈伸

猶進退也天地間一氣也屈而入於虛無為陰伸而進於盛大為陽冬至一陽生伸之初也夏至一陰生伸之極而屈之初也屈極復伸伸極必屈天地之道萬化萬物萬事之常不過如此而已

消息

消退減而向於盡也息生長而至於盛也

盈虛

生而漸滿為盈如日月自朔而望也消而漸盡為虛如月自生魄而晦也

感應

感猶觸也隨觸而動為應所應復為感所感復有應彼此之間二者常無窮也譬如聞人之言為感答之為應彼聞所答復為感復答我之所答復為應也○寒往是感暑來是應暑往是感寒來是應日往是感

月來是應月往是感日來是應聖人作是感萬物覩是應用舍是感行藏是應冬夏是感裘葛是應龍虎是感風雲是應事至物來是感處之為應處之是非得失復為感逆順從違復為應推此則無往而非此二字矣

孚

不言而心信也見善而感動與起心之同然故也

易

变易而化陰陽寒暑治亂死生之大體也又变易也萬変無窮日夜相代無停止也

道

猶路也天地人物日用之常莫不各有當行之路故謂之道未有天地人物而其道已先定與人未應事接物而其道已先具於心故以其本體而言謂之形而上者要之既見於事物者道之用未見於事物者道之體平常言道者但以用言聖人君子則常見其體所以知其用之非出於作為皆性命之實也〇形而上者大意謂本無此道理安得有此物此事

理

大體謂之道以理言則有文理路脉旁行散出通達

周徧之謂也

器

道者無形之實理器者有形之實物

費隱

費用之廣也隱理之微也費猶費財之費皆道之用

廣濶而周徧也其所以然者不可以耳目見聞故為隱也

體用

有二說一謂道之本體在有形之前其用見於有形

之後一謂道之定體見於有形之後而其妙用起於

有形之前聖人君子之體用亦然具於心為體動而

見於事為用以義制事使各得其理為體起於心為用天之生成萬物即道之二體用也聖人之萬事即天之萬物

德

德者得也得道於身也天得於道故為天德人得於道故為人之德凡道之散見於日用者盡得之則為全德得其一二三四各謂之德若全得之則其動靜與天同而為盛德大德不可以一二名矣

行

德之見於行也

性

生而有之不慮而知不學而能不昧不滅之謂性仁義禮智是也生而同得於天者也又有兩樣氣質之性一如男女飲食之欲一則善惡愚明之不齊男女飲食形氣之欲也善惡愚明則所稟之氣有清濁剛柔純雜厚薄故也二者皆生而然故亦不得不謂之性也○聖人則仁義禮智之性常明飲食男女之性自無不正但有善而無惡有明而無愚自賢人以下則常以其同得均具固有仁義禮智之性為主以撿其形氣之欲使不流於邪變惡以為善開愚以為明

亦惟同得固有故足以用其力也

降衷

衷合性與心又含中字而言三者合而為一者也皋陶謨之和衷即此降者賦予下民之謂

秉彝

彝者常也民之常性不息不滅若固執不舍故謂之秉彝

命

與命令之命同仁義禮智之性之道皆天使我有是也故謂之命○凡出於天者同謂之命不分人物故

曰維天之命於穆不已明得此一字則無所不敬若君親之臨乎其上也壽夭賢愚貴賤貧富出於天亦謂之命樂天知命君子不謂命道之將行也歟命也道之將廢也歟命也公伯寮其如命何皆謂此也

情

性之動也會有此性不能不發動其發者性之實也是為情孟子曰四端惻隱羞惡辭讓是非之心是也故情字常訓實字

心

人之知覺所以具仁義禮智之性而發用之者也是

之謂道心又有形氣之知覺如飢則思食渴則思飲之類也是之謂人心此二者不以聖賢愚不肖皆同之○理具於心謂之性以知覺而動則為情故曰心統性情

志

心之所之如射之於的

意

心之動而有所向之初也

思

心之謀也擇善惡可否而去就之也

思

心之所在見於顏色容貌者也

慮

思之詳審畏謹而防後患者也

念

懷而不忘也

才

能也孟子不學而能之良能所謂天之降才非才之罪不能盡其才皆是也又質也本質之所能也昏明強弱亦所謂才如義理氣質之性不同而同謂之性

也

氣

人所禀受扵天以為形者陰陽五行是也所以載性與道而為之宅也充之則為孟子浩然之氣不能充之則餒而不飽塞而不流行所以貴養也又以清濁剛柔不齊之氣人生而遇之則為昏明強弱之質然有性焉可以用变化之功变化得盡依然又是浩然之氣蓋理與氣常相隨而不舍其分數之多少惟視所主之強弱耳

五常

仁義禮智信五者人道之常天下萬世之常行不可易也

仁

天地生物之心也人受之以為性而具扵心故曰心之德惟主生故曰愛之理愛非獨愛親愛人愛物凡作事而不忍傷道害理皆是一片愛此是天地之本天下之公故為愛之理人得此而具扵心故為心之德苟有一毫傷道害理便為不仁也

義

宜之理心之制也天理散扵萬事萬物各有所宜而

皆具於人之心故人之心正則其處事應物無不得其宜也制者裁割之謂隨其同具之定理而爲之去其過多益其不及使之各得其宜也○仁主流行故圓屬天屬陽然其慈惠豈弟又得陰之柔義主宰制故方屬地屬陰然其强毅堅定不可奪又得陽之剛

禮

天理之節文人事之儀則尊卑上下親疏貴賤之體恭敬辭讓之心之容冠昏喪祭賓客朝廷宗廟郊社之等辨威儀也經禮三百事之大體曲禮三千即其行於各體中之曲折也節謂等辨文飾也飾其恭敬

之心又相參錯以成事皆所謂文也儀謂可觀可法則謂制度有定大抵所謂體也故曰禮者體也又曰禮以體政其理皆具於心所以動而能中其節其體本嚴而卑所以動則為恭敬辭讓之心若非此心為主則三百三千不能成也

智

知也明也見善惡識是非之謂也

信

識實也知有此理而能行以實之使不徒知而虛其本心之良也言語之信乃其一端又凡事之是非善

惡人皆能言之而少能踐之若能踐其言而實之則雖是言語而非一端之小信矣若詩所謂貞信之教行所謂大無信也不知命也易所謂覆公餗信如何也則亦以物理之實而言不能行之是虛其位所謂不誠無物也

四端

端頭緒也仁義禮智之性萌芽發露處也因其萌芽發露故知其中之實有猶有頭緒則可以遡其所由來也

三綱

君為臣綱父為子綱夫為妻綱綱者網之大繩衆目之所附綱舉而後目張綱正而後目齊國家天下必君父夫先正而後臣子婦隨之而正也人倫凡五等而君臣父子夫婦三者為最重三者正則無不正矣以人道而言六者當各自盡而不相待以家國天下之責而言則君正而後臣正父正而後子正夫正而後婦正自古及今蓋無不然以教之所起為重居其位者必先盡其道也忠臣孝子貞婦未嘗計君父夫之善惡子之事父尤當自盡父之是非為子者初不知也大學之教先子而後父父之責常輕子之責常

蓋然以治道而論則君父夫皆有君道必先正其身而後可以求臣子婦之正三綱為此而立也

五典

典常也天下萬世之常也三才人位乎中為天地心而其倫則有五曰君臣也父子也夫婦也昆弟也朋友之交也是為天下萬世之常不可易之大經也五者正則天地間無不正矣○典從冊在丌上尊閣之也五者之道簡冊所載莫大焉者也尊閣之所以尚之以為重世立教之重器也後世以其為天下萬世之大常故因訓以為常唐虞時雖已為常尊閣之意

當猶在也

五教

父子有親君臣有義夫婦有別長幼有序朋友有信親主愛義主敬別序主禮信者日會聚講習退而各行其言以相磨礪而不徒有其言也〇五典五教易序卦孟子中庸先君臣先父子仁為五常首孝為百行先也先君臣經世之主也

倫

類也理也各從其類各有其理尊卑大小内外等辨分數各有所止而不可有毫髮僭踰如樂之五音八

音不相奪也

孝

善事父母為百行先

弟

善事兄長○善事者盡其道而不可有一毫之疵病

智　仁　勇

三者實三智知也仁勇行也仁周徧流通而無不到無障礙無欠缺勇果决而無留難也智為先者先知其善惡是非當為不當為與其分數之多寡節度之所止而後可以行也行之必無不到故仁次之然不

能自強果決則二者將皆廢故勇以成之大槩仁在中主行如身智者辨其塗轍而勇者遂其工夫也

誠

真實也全體皆天道而無他道外物之雜也雜他道外物則為偽妄而害其體必去之而後為真實也蓋為人多惑於他道外物而立名言必如此而後為真實其他皆偽妄也故曰誠者天之道非天道則皆偽妄而非誠也明此足以闢異端

誠之

未至於誠而用力以求至之賢者學者之事也

誠明

得誠之體於心則虛明無蔽而於事物無不照誠者之事也所謂誠則明文公所謂誠則無不明也擇善固執明於心知所向然後可以至於誠誠之者之事也所謂明則誠文公所謂明則可以至於誠也

一

在天為道在聖人為心天之生萬物惟一道而無不正其性命聖人之應萬事惟一心而無不得其義理所謂一以貫之之一誠者之事也去其雜以純其體防其間斷而常久其功此則精一克一主一之一誠

之者之事也蔡氏咸有一德辭曰不雜之謂一不息之謂一最盡天與聖人盖純乎此而莫名其所以然賢者學者則志乎此而常加擇執之功也

上

物理之所止至此而後為盡為善為得一毫不可過不及盖與中字意同太極皇極字亦同在人則當止其所止不及是未至其所止至其止而後不固他有所移是不止其止皆為不得其中而失其道也虞書曰安汝止商書曰欽厥止大學曰止至善其傳曰邦畿千里惟民所止文公曰言物各有所當止之處也

又曰緡蠻黃鳥止於丘隅子曰於止知其所止可以人而不如鳥乎文公曰言人當知所當止之處也物各有止是其本來分量人當知其所以至之守之聖賢之言不過謂一物一事各有天理當然之分限人之處事栽物不過止於其分限而無所違則事理人道皆得而無失也

中

中者適其當然之正之謂在時則不失之先後在理則不失之過不及蓋是停當恰好行之則無不通之道雖不可以中間之中為言亦未嘗不在先後左右

過不及之中間也但以行之得不得言則中間之中不足以形容之矣

時中

一事各有一時當其時則盡其道而無過與不及所謂時中也坐如尸立如齊時中之小也為君盡君道為臣盡臣道二者皆法堯舜時中之大也舉一事而天下之事莫不皆然在天則晝夜長短之分數四時寒暑生物成物之節度是也

時

其義最大只是時中之時書所謂欽哉惟時亮天工

所謂動惟厥時所謂時雨時暘時燠時寒時風易所謂與時偕行欲及時也隨時之義大矣哉所謂時止則止時行則行動靜不失其時孟子所謂孔子聖之時皆與天同行之道也五經易最大易之義時最大六十四卦是六十四箇時三百八十四爻是三百八十四箇時人能去其私心進退動止惟其時之當然則萬事無不善而吉之所集矣

未發之中

即性命之全體在人心之中寂然不動感而遂通者也渾然天則無所偏倚故謂之中至正而盡善實有

而非無同得而無欠常生而不息蓋萬理之府而萬善之本也但喜怒哀樂未發時即是不必求索體認默然而自在也然惟敬而無失則常保其全靜而無傷動而不窒不然則亦漸喪失而莫知其鄉矣

洵惟敬而無失不求索等意先生已見於豫章延平看未發氣象答問類

和

無所乖戾之謂即未發者之發寂然者感通施之事物無不合宜中節喜怒哀樂皆得其理而無乖戾傷害蓋又即是時中之中以其合理得宜所以謂之和

庸

常也用也生民日用之常天下萬物常用不易之道也以其體段故謂之中以其天下日用之常萬世不易故謂之庸明此自見異端之非

正

道之實也亦有誠字意考之是而無疑措之安而不危用之當而不悖之謂也不然則為邪徑他途非大道之共由者也

直

動而順理之謂也直指旁行又大入小惟順理之當然自然而不用其作為之私心則無往而不直也有

私心則為回曲而不直回者反從他道曲者入於偏私暗昧而去道遠直則光明正大曲則暗昧偏小坤六二之光以此

方

有常有定之謂如東西南北之方常在其位而不移也直方立不易方辨物居方皆是也矩方之方似不同然其體正靜又有廉隅不可刓是亦有定而不移者也

忠

盡心之謂也心之所知盡之而無隱也憂尚忠為

克忠臣事君以忠孔門忠信忠恕爲人謀而不忠乎左氏忠於氏而信於神上思利民忠也皆盡吾心之所知也中心爲忠體無欠缺出於忠心則皆誠矣盡己之謂忠尤見自盡不自欺而不求於人之意

恕

推己及物也人各有心物各有理心無不同理無不定惟處之者往往不能忘己私也則不暇度人度物私心横生公道不行人己物我殊而爲二彼此交病不得其所恕者棄其己私而盡吾之本心度人之心與己同則以所同者公之於人所謂恕也見物之理

當如是則以所見者公之於物亦所謂恕如是則合人己物我為一而不相害相病大學絜矩之道是也能絜矩則上下四旁均齊方正無有不平而吾之心在彼此間始無愧怍此學問立身待人應物為仁之要聖門所謂一言而可以終身行之者也

敬

主一無適之謂主一者於義理之當然深見而固守之以為主而無惑其心也無適只是無貳謂守之固不為外物推奪牽引而他之也祗字意亦同

恭　欽　齊　莊　肅

敬主於心達之容貌則為恭為欽恭者敬於持身捴
物尊上臨下欽者敬於承奉之意天理所在上命所
臨敬於承奉而不敢失墜也齊莊肅亦容貌之敬然
皆恭欽之自然能恭能欽未有不齊不莊不肅者也
肅然有收斂凝一之意敬之之至形見也

静

内無欲而外之應物惟理之循則動静皆静雖有為
亦若無為也苟為欲心私意所乘則雖手足不動或
在寝寐之中亦無非擾擾之時矣周子曰聖人定之
以中正仁義而主静註云無欲故静蓋兼動静時言

主者以無欲為主但無欲則靜時固靜而動時亦無不靜堯舜無為禹行其所無事皆此事也○人知天動地靜不知天未嘗不靜也元亨利貞即天之靜也雖一息萬里莫非道之行未嘗有一毫之作為所謂靜也日月之運行風雲雷雨之動作人皆見其動而不知其至靜但無非時無非理而不用其心則天皆地體乾皆坤德乾以易知是也易則無作為無艱難皆靜意也

虛

一而無欲也周子曰一者無欲也無欲則靜虛動直

是也虛之至乎絕四是也顏子克己所以為虛者也

實

天理之誠充足於中所謂充塞是也○虛實二字不過純乎天理之誠而無物欲之雜則謂之虛亦謂之實虛無物也實有物也無物無知誘物化之外物也有物言有物誠者物之終始是也無物故有物有物所以無物也又二者復自相反而為不善之名若志無虛邪之虛是內無所主茫然不知所向不實之名也邪暗塞是物欲充實其中不虛之名也二字之相反亦二而實一蓋不虛則不實不實則不虛無物本

◎

為善不誠無物又為惡知有物化本為惡言有物又為善充塞本為善邪暗塞又為惡弟子職方言溫恭自虛才數句又言志無虛邪明辨之學凡此等字皆不可以不知也

洵惟程子曰靜中須有物始得實字意也

定

心有定向不可惑亂蓋明善見道而深知其無以加此不可踰故也四十不惑即此

安

堯之安安夫子之恭而安中庸之安行此不思不勉

而自無不合道之安聖人之事也所君安者易之序
安土敦乎仁靜而後能安此樂天知命之安聖賢之
所同也君子安其身而後動利用安身以崇德也此
不愧不怍無過無罪之安字一而義不同然人能用
力於後二者則聖人地位亦可馴而至矣○靜而後
能安文公以為無所擇於地則是與安土之安同學
者多不審

樂

心之所自得而深於其味丰之美之舉天下之物皆
不足以易之之謂也顏子不改其樂夫子樂亦在其

中之樂是也文言樂則行之孟子君子樂之與此不同論語朋來之樂孟子三樂亦微不同文公以朋來之樂與不知不慍用程子說合為一扵註之末盖只緣章內一字為註其實朋來之樂猶淺不知不慍始深不知不慍即孔顏之樂朋來之樂亦漸有意耳

聰

聽之明也扵言之是非聲之邪正不亂也聽德惟聰謂聽而能辨明扵善不善也

明

視之明也扵事物之是非善惡人之邪正賢否不亂

也覩遠惟明謂四海之内無所壅蔽百世之後無不豫知不蔽於目前而溺於淺近也

聖

大而化無不通生知安行與天同

神

不動而变無為而成其應無方其行無迹發微不可見克周不可窮

睿

照無不見通幽入微

睿哲

濬深也盡底窮源晳精極夫易聖人所以極深而研
幾也極深濬也研幾晳也惟深也故能通天下之志
惟幾也故能成天下之務濬晳之功也
謀
裁處事物咸盡其理而底於成也人謀鬼謀皆是裁
處事物鬼謀所謂藏諸用也聰作謀入耳即知其善
惡而能審處之也謀時寒若見之精而守之固四德
之利貞四時之秋冬也
靈
見而無不知莫知其所來

覺

良知良能不可掩蔽萬善百行觸處洞然

節

天理自然之制度事物各一不可多寡一事一物之中又各有異體定位定序亦各有制度不可多寡

容

精義入神不容毫髮

幾

心之初動事之始生各有善惡深見之則能護其善之生長絕其惡之萌芽故能成天下之務

復

人心已縱而復收道心已失而復還

禮樂

禮只是制度樂只是和順禮只是序樂只是和故曰天高地下萬物散殊而禮制行矣合同而化而樂興焉

文章

文者百禮衆善經曲相錯成體成象可觀猶陰陽晝夜四時章木之相文以成天道也章猶節也一體成而冬以成一年也孟子不成章不達是也文者章之

備章者文中之各一節文樂之翕如純如繹如章所
謂皦如也

物

實也天地間萬物萬事皆道之實體也理之所有而
不可無者也易開物成務詩有物有則皆實體也不
誠無物不得其則則無其實而非物也言有物得其
實理也周禮三物五物文物名物皆事之實禮制之
當然而不容已者也

軌

車之轍迹天下古今之同不可大小多寡禮義之當

然聖人之所裁制行而為天下之度者也

範

以無過不及之事體示天下萬世以為出過流濫之防放勳所謂匡之是也

則

無過不及恰好之定體一事一物各一為天下準易書詩左氏中多可觀

體

一事一物各有常形定體當然無闕可觀可法者也

禮以體政禮行則政事皆得其本體之固然也

名

君臣父子兄弟夫婦名也若君君臣臣父父子子兄兄弟弟夫夫婦婦各盡其道以實其名而不虛之也有其名而不盡其道則所謂不誠無物觚不觚觚哉觚哉是也舉一物而天下之物莫不皆然詩所謂大無信也即此意○正名生於防僭亂亦欲使之知之而自盡其理也

位

天上地下君尊臣卑日晝月夜男外女内鳶天魚淵與君在阼夫人在房酒在室醴醆在户之類皆是也

天地萬物之在其位者各盡其事不僭不濫人能不出其位則亦能盡其事如孔子之為乘田委吏是也

分

性之所賦不寡不多謂之性分職之當為不敢不盡謂之職分理之當得不可過多謂之命分凡一事一物生禀素定宜有合得而不可有無多寡者皆是惟天運不齊有合得而不得則當受之安之若所謂不以其道得之不去也是亦命分之所固有而不可違者也

公

是非善惡喜怒哀惡天下之同
私
是非善惡喜怒哀惡一人之獨
理
天道人心事物之體
欲
形骸氣好一人之貪
義
道理當然以死守之
利

一巳之便害物不顧

善

合理無病利物宜人

惡

逆天怒人醜類毒害

淑

溫柔豈弟如春如玉

慝

姦非邪惡為患為災

良

純粹易直

治

事物皆正各得其所

亂

僭差踰越莫知紀極○洪範乂與僭相反乂即治僭即亂也過分侵奪謂之僭以雅以南以籥不僭所謂無相奪倫也書曰旁招俊乂乂有治才也區處事物各得其理也

順

事物各隨其時循其理本末源流一一如之而不以一

毫巳私間之也從字即順字義言曰從順理而不多不寡也從作乂入理順則各得其所也滲沮旣從順其道也

逆

咈人心違物理悖天地疑鬼神

是

正路誠實

非

殊途反背

得

合理
失
迷行
已
形氣之私與物殊隔心之知覺獨在於此
意
心之所欲先天而動
必
意之所向務欲人如
固

執己不舍留滯不化

我

與己扵彼不合為一

克己

形氣之私人之陷溺智明勇决惟理之從與戰勝同

己私最難舍故也

自欺

是非善惡本心甚明欲心乘之自瞞自昧一人而常

為兩人也

人

得天地生物之心以為心而為天地之心居三才之中一位也故與仁同音而孟子曰仁者人也所謂滿腔子皆惻隱之心者也

三才

才者能也天地人各有之孟子所謂良能是也覆幬運行萬物資始天之良能持載含育萬物資生地之良能愛親敬兄忠君弟長仁民愛物善善惡惡人之良能也張子曰鬼神者二氣之良能即天地之才也

三極

極者理之至即太極之體三才各一也一太極而分

為三雖三而實合為一也

萬物

物實也

字義後序

先師舊學於維則韓氏（翼甫 折人）韓氏學於朱門之輔氏蓋問學淵源厥有自來嘗語云疇昔予聆韓先生夜旦莊誦朱子四書如奏九成簫韶令人不知肉味又云性命道德五常誠敬等字在六經四書中如斗極列宿之在天五嶽四瀆之在地非深於知道者未易為斯言又嘗述字義一卷以授學者比之程正思陳

安卿為詳畧適中而立義措辭尤精或者目為百
十三顆驪珠風胡非乏巨眼然是珠也將照千里奚
特十二乘顧當置之掌中毋但買櫝云昔泰定乙丑
八月戊寅門人合沙余載謹識

予始得先生遺稿有字義一帙首尾壞爛不
可辨識擇其可錄者自道字始位字止耳餘
字及先生自序余載後序悉缺焉將就梓會
予屬阮生鋆索韓古遺遺稿於其家得塵本
示予則先生字義也予喜亟翻而錄之嗟乎
文字顯晦完缺固有數存而先生之字義定

乃發天地之精蘊抽人文之玄秘蓋不獨讕言長語無所關係之作而已鬼神物造能不默為呵護而俾其終顯且完也邪不然其不為唐盧殷文千餘篇隨沒即亡失者幾希矣

閔文振謹誌

石堂先生遺集卷之九

石堂先生遺集卷之十

宋寧德　陳普　尚德

渾天儀論

統論天體

周天三百六十五度四分度之一東西南北相距皆然天形如弾負半覆地上半隱地下北極出地三十六度繞北極七十二度常見者謂之上規南極入地三十六度繞南極七十二度常隱者謂之下規天道左旋日月五星右轉（左旋者西行是也天運莫測即二十八宿之布列也為可知謂左旋者即二十八宿之左旋也日月五星則遶天而東行）天之左旋也一晝一夜

而一周又差過一度日之右轉也一晝一夜而行一度（日一晝一夜而移一度故天行既周復行一度必待三百六十五日有奇然後為周天故曰日行遲）（一年一周天）一月之右轉也一晝一夜行十三度又十九分度之七（日移一度月移十三度有奇積二十七日強而周天又行二日半強而後与日相会故曰月行速一月周天）天形北高而南下赤道分南極之中黃道半在赤道內半在赤道外（黃道半在赤道內自奎婁至翼軫是也半在赤道外自角亢至室壁是也）日行黃道月五星循黃道左右而行冬至之日黃道去北極最遠者百一十五度半弱（半弱者以九百四十分為一度得二百九十三分太為半弱）夏至之日黃道去北極最近者六十七度半弱春分秋分日在黃赤道之交分天

之中去北極九十一度半强黄道去北極最遠之所天形入地最深日出辰初二刻入申正三刻故晝刻四十夜刻六十黄道去北極最近之所天形最高日出寅正三刻入戌初二刻故晝刻六十夜刻四十此自然之數也（臆今冬至前十五日日巳出辰初二刻入申正三刻若進而極於冬至之日則出辰三刻入申正二刻矣夏至前十五日日巳出寅正二刻入戌初二刻若進而極於夏至之日出則寅正一刻入戌初三刻矣然今曆不載此者以至若分日之行有至有不至故指其定者言之耳）黄道與赤道交於軫軫之交也出卯入酉故日亦出卯入酉又退而至於冬至復如初極於南矣日之出入也北而復南南而復北者黄道之勢使然也故太

元有曰日一北而萬物生一南而萬物死者正謂是也此所謂卯酉者即人之所見地之正東西也若夫天之東西南北則不然天之東即東陸蒼龍之星是也天之西即西陸白虎之星是也天之南即南陸朱雀之星是也天之北即北陸玄武之星是也月之行天也循黃道內外而東黃道內曰陰曆其外曰陽曆黃道與赤道相去最遠者二十四度昣至夏至所在者是也月道與黃道相去最遠者六度日行黃道月行九道青道二出黃道東朱道二出黃道南白道二出黃道西黑道二出黃道北其交也必由於黃道而出入故兼而言之曰九道也日之行也舒月之行也速當其同度謂之合朔舒先速後近一遠三謂之弦相與

為衡分天之中謂之望以速及舒光盡体伏謂之晦其循黄道左右而進也春分弦於東井亦循日之夏至而極北也秋分弦於南斗亦循日之冬至而極南也然不可與日同測景者以月有出入陰陽曆之差也故周官有冬夏致日春秋致月者正謂是矣至若五星之行其出入也陰陽曆大略與月不異然其伏見遲留進退前後又各不同固未易以具載考之史誌足矣雖然斯斈也有象可覌有數可推固不可以虛誕說然亦不可以驟然曉其進道必有漸傳曰千里之行始於足下世之君子不欲知天則已如欲知

之當自此始

天度

天本無度與日進退而成其每日之進退既有常則故一日之進退遂為一度三百六十五日四分日之一進退一周而周天之度遂為三百六十五度四分度之一星辰遠近之相胠與五星之行　皆以其度為度焉

天度廣狹

天度自漢以來名公巨儒皆以一度畧廣三千里周天大畧一百一十萬里四方上下徑各三十六萬里

夏至南河陽城測景千里千里而差一寸南戴日下
萬五千里至今儒者信之用之未有或為之思者予
嘗暇日管窺深疑其不然一日讀唐書見開元中太
史一行梁令瓚南宮說等布置南北土圭始見天地
廣狹之大體周天實一十六萬里地上地下各八萬
里一度之廣四百餘里四方上下之徑各五萬餘里
與予區區之妄適相會合以此知天道之幽遠而欲
見之者惟用其心無不得也聊與同志道之延祐交
州去洛水九千里其弦當五千里其元測景其地巳
出表南三寸安在其為千里而差一寸南戴日下万

五千里乎其可謂不詳矣

天地卯酉不同

日月會於析木星紀元枵於時為冬會於訾娵降婁大梁於時為春會於實沈鶉首鶉火於時為夏會於鶉尾壽星大火於時為秋自壽星至析木配東方蒼龍七宿角亢氐房心尾箕是也亦謂之東陸自星紀至訾娵配北方玄武七宿斗牛女虛危室壁是也亦謂之北陸自降婁至實沈配西方白虎七宿奎婁胃昴畢觜參是也亦謂之西陸自鶉首至鶉尾配南方朱雀七宿井鬼柳星張翼軫是也亦謂之南陸此四

若天之東西南北也天之卯即東陸之中星次也天之酉即西陸之中星次也天之卯酉與地之卯酉不同地之卯酉一定而不易天之卯酉運轉而無窮地之卯酉左東而右西天之卯酉初出於地之東次經人上復入於地之西其出也先東陸次北陸次西陸次南陸循環而無端其入地亦然七政遶天而東行此地東也之故先經其北陸次經西陸次經南陸次經東陸

九道

天之有黃道其初本無是也因日之行而彊名之也

◎

夫日之行其謂之黃道者何也黃者色之中也日道居中而月五星循其左右而行故日道獨謂之黃而月謂之青朱白黑各二并黃道而言之謂之九道也月之行也大槩以四序離為八節立春春分月行青道故傳曰青道二出黃道東謂之東者指東陸而名之也立夏夏至月行朱道故傳曰朱道二出黃道南謂之南者指南陸而名之也不謂之赤道而謂之朱道者蓋以赤道分天地之中故南陸謂之朱道所以避之也立秋秋分月行白道立冬冬至月行黑道黃道之出入於赤道其最遠者去赤道二十四度今之限胅

之八度南斗之二度是也月道之出入於黃道其最遠者去黃道六度而又有所謂陽曆陰曆者蓋月行黃道之內為陰行黃道之外為陽故也北為內南為外黃道去北極之最近者六十七度半弱黃道去赤道二十四度除去此數則得六十七度半弱也黃道去極最遠者一百一十五度半弱以冬至日在南斗言之也赤道去極九十一度半弱加黃道去赤道二十四度則得一百一十五度半弱也

天日行度

天繞地左旋東出西沒一日一周而必過之日者天

之精與天左旋日適一周以天之過也而為少不及焉天日進而日日退也日非退也以天之進而見其退耳積三百六十五日四分日之一而天與日復相遇於初進之地而為一年月行遲常以二十七日半一十六分日之三百二十七而與天會二十九日九百四十分日之四百九十九而與日會一月一周天者以與日會言也其實二十七日有奇而周天又二日有奇而與日會朱子以為月二十九日有奇而周天又逐及於日而與日會蓋未詳也

日出入昏明刻數

天行一周晝夜百刻配以十二時一時得八刻詳而言之十時得八十刻又二時得十六刻總九十六刻所餘者四刻又以每刻分為六十分四刻總二百四十分布之十二時之間則一時得八刻二十分故時有初初刻者十分也正初刻者十分也且以卯言之先初初刻十分次初一刻六十分初二刻六十分初三刻六十分初四刻六十分正初刻十分正一刻六十分正二刻六十分正三刻六十分正四刻六十分總以計則一時之間八刻二十分見矣故日出於東未出二刻半而先明日入於西已入二刻半而未暝如以昏明考晝夜之刻

則晝刻常多於夜九五刻故史家所載冬至之日晝刻四十夜刻六十本於此也若但考日出入之正則冬至之日晝刻三十五夜刻六十五矣要之史誌所載不同其實一也至於觀昏明之中星當損夜刻以益晝刻且以春分之日論之春分日在奎之初度日當未出纔望壁二度而旦星已中焉日雖已入必待歷奎九度而昏星方中焉其占四時之中星皆當準此

日月行道

日之行道不愈寅卯辰申酉戌之間卯酉相對為赤

道去兩極各九十一度強黄道斜絡於赤道而七曜循環焉日之行半在赤道之内半在赤道之外冬至黄道在斗出赤道南二十四度出辰入申日亦出辰入申又漸退而北行及於春分在奎正黄赤道之交出卯入酉日亦出卯入酉進而至夏至黄道在井出赤道北二十四度出寅入戌日亦出寅入戌至秋分在角復當黄赤道之交出卯入酉日亦出卯入酉而月之行道與日相近交道而過半在白道之裏半在白道之表其當交處出入黄道不過六度遇朔則與日會此日月行道之大率也

七政運行

爰自混元之初七政運行歲序更易有象可占有數可推由是曆數生焉夫日月星辰有形而運乎上者也四時寒暑無形而運乎下者也一有一無不相為侔然而二者實相檢押以成歲功蓋日窮于次月窮于紀星回于天此有形之運於上而成歲者也五日為候三候為氣六氣為時四時為歲此無形之運於下而成歲者也混元之初日月如合璧五星如連珠自此運行遠今未嘗復會如合璧連珠者何也蓋七政之行遲速不同故其復合也甚難月之行天也一

歲而一周月之行天也一月而一周歲星之周也常以十二年世俗以年為歲者盖本於此鎮星之周也以二十八年熒惑之周也以二十年惟太白辰星附日而行或速則先日或遲則後日速以先日昏見西方遲而後日晨見東方要之周天僅與日同故亦歲一周天焉夫七政之行不齊如此此其所以難合也而世之觀漢史者見其論太初曆之密日月如合璧五星如連珠而遂以謂五星會於太初之元年殊不知此乃論太初曆之周密推而上至於混元之初其數之精無有餘分故有是言在太初之年實未嘗如合璧如連珠

也何以言之五星之會常從鎮星五星之行鎮星最遲故諸星從之而會以曆考之漢高祖之元年五星聚於東井蓋鶉首之次也自高祖元年至太初元年凡百有四年也鎮星二十八年而一周當是之時鎮星周天蓋已三周而復行半周有餘凡百次矣進在元枵之次安得有日月如合璧五星如連珠起於牽牛之初乎（牽牛乃星紀之次也）夫日舒而月速其相會也以速而及舒月之會日常以二十九日半彊而相及（半彊謂四百九十分也）蓋月行速而日行遲故也是故一歲之周凡十有二會焉以其辰而言之十有一月會於星紀之

次十有二月會於元枵正月會訾娵二月會降婁三月大梁四月實沈五月鶉首六月鶉火七月鶉尾八月壽星九月大火十月析木夫會則為晦晦而復蘇明於是乎生焉是之謂朔月之行速漸遠於日以周天言之其近日也九十二度有奇其遠於日也二百七十四度有奇是之謂近一遠三謂之弦此盖謂上弦也其行甚遠而與日對去日百八十二度六十二分有奇是之謂相與為衡分天之中謂之望盖日與月相望故也其行過中遠於日也二百七十四度有奇其近日也九十一度有奇亦謂近一遠三謂之弦

此盖下弦也上弦在扵八日下弦在扵二十二日望在扵十五日此其常也上弦或進則在七日或退則在九日下弦或進則在二十一日或退則在二十三日望或進則在十四日或退則在十六日此皆其變也

星度廣狹

二十八宿之度最多者莫如東井其次莫如南斗度之少者莫如觜觿其次莫如輿鬼以赤道言之東井三十有四度南斗二十有五度輿鬼纔二度觜觿纔一度其多寡相去之甚遠何也蓋星本無度因日之

行一晝一夜所躔之濶狹彊名之曰度其所躔之日或多或寡適當其星者凡二十有八故度之多寡於是生焉井斗之舍非無星也然不與日躔相當是以其度不得不濶觜鬼之傍非星衆也然日躔綠相及而其星適與相值是以其度不得不狹也

黄赤道星度

角 赤十二 黄十三	亢 赤九 黄九半	氐 赤十六 黄十五太	房 赤六 黄五
心 赤六 黄四太	尾 赤十九 黄十七	箕 赤十一 黄十少	斗 赤二十五 黄二十三半
牛 赤七 黄七半	女 赤十一 黄十一	虛 赤九少強 黄十	危 赤十六 黄十七太
室 赤十七 黄十七少	壁 赤九 黄九太	奎 赤十六 黄十七半	婁 赤十二 黄十二太

胃 赤十五 黃十四太　昴 赤十一 黃十一　畢 赤十七 黃十六少　觜 赤一 黃一

參 赤十 黃六太　井 赤三十四 黃三十　鬼 赤二 黃二太　柳 赤十四 黃十四少

星 赤七 黃六太　張 赤十七 黃十八太　翼 赤十九 黃十九少　軫 赤十七 黃十八太

赤道分南北之中黃道出入於赤道之內外赤道橫而黃道斜斜長於橫故黃道為之增赤道居中黃道傍出傍俠於中故黃道為之減蓋自然之數也

十二次不同

古今十二次之分何以不同曰黃道每歲有差則日月所會之次亦異古今之次不同勢當然也

四時中星

四時中星何由而定曰昏旦之星由日之出入而識其中黄道既每歲有差則日躔隨之而變故正四時之中星必先於冬至之日日躔既定於冬至則推之四時可坐而致大抵冬至日躔與夏至日躔對衝春分之與秋分亦然堯時冬至之日日在虚一度則星鳥星火星虚星昴皆於四時之中而得其正矣

氣候

天有四時寒暑係焉五日為一候三候為一氣二氣為一月六氣為一時備四時之氣凡二十有四所謂五日為一候者如正月立春至雨水為一氣一氣之

内有三候曰東風解凍曰蟄蟲始振曰魚上氷是謂三候一候所司者五日積三候之日凡十有五是為一氣得二十四氣之日凡三百六十日是為一歲夫周天之度三百六十有五又四分度之一今也二十四氣周而成歲則於天之度所餘者五日四分日之一故曆家提其大綱驗之以七十二候總之而為二十四氣（六候為一月六十候為十月又十二候為二月總十二月之候七十有二）其五日四分日之一析而為分附於二十四氣之間而曆法於是正矣（今統元曆氣策之餘二千一百二十八分三十九秋之類是也）

（洵惟五日析而附于二十四氣之中與四刻之分于九十六刻之内其理一也）

故又以易之六十四卦而分直一歲之日謂卦氣其法以卦有六爻故先除震兌坎離四卦總二十四爻以直二十四氣然後以六十卦總三百六十爻以直三百六十日為一歲之周以驗周天之度則每卦所直者六日六六三十六六十卦之所直者三百六十度其餘五日四分日之一則析而為分四百二十以附之六十卦內凡一卦直六日之外又得七分焉蓋以一度分為八十分其五日總四百分其四分日之一得二十分故析而附諸六十四卦之間而有六日七分之說蓋曆家借易之數以驗一歲之日故也故

七十二候之直二十四氣與夫六十卦之直一歲之
日故雖不同其揆一也

曆數分抄太少強弱

曆數之分抄有大有少有強有弱如以百抄為分則
七十五抄為太一十五抄為少至於強弱則因時而
命之如以古曆以九百四十分為日而月之行天與
日相及常以二十九日半強所謂半強者四百九十
九分以半日言之則當四百七十今於半日之外又
增二十九分所以謂之半強也如以周天析而四之
則赤道去極之數是也赤道去極之數九十一度半

弱且以古曆九百四十分為度而推之則半弱得二百九十三分太（七十五分為太）合四半弱得一度二百三十五分以九百四十分為度其半度實四百七十今只得二百九十三分太而不及半度之數此其所以謂之半弱也（太少者一定彊弱者隨時而命數）

閏法

周天三百六十五度四分度之一（在天為度在曆為日）日行遲一晝一夜行一度月行速一晝一夜行十三度又十九分度之七日行遲必待三百六十五日有奇然後周天焉月行速積二十七日有奇而遂周天復行二

日半彊而與日會是為一月故日一歲一周天月一月一周天一歲之間月行與日會者九十有二次而復於歲一歲之氣常足於三百六十日五日為一候二候為一氣二十四氣為一歲一歲之氣九三百六十日日之行天也綫及三百六十度尚未周天而一歲之氣已足則在天之度每歲所餘者五日四分日之一日即度也古曆以九百四十分為一日其四分日之一得二百三十五分焉月之既周天也復行以及日常以二十九日半彊而與日會則於一月之氣二氣為一月九三十日所不足者半日弱曆家以九百四十分為一日所推謂半日弱者四百四十一分也月之不足計日之有餘則一歲之實餘九十有一日弱由

是而閏法生焉三年而一五年而再十有九年而七閏備端由此數也（月所不足者一月四百四十一分積十有二月分得五千一百九十二分以日法九百四十分餘為日得五日餘五百九十二分日之有餘者日行在天之度所未周者五日餘二百三十五分推月之不足計日之有餘一歲常餘十日八百二十七分故日十有一日弱積十九年所餘者二百六日六百七十三分以此置七閏月則其數正相當也）演而伸之十有九年為一章二十七章為一會三會為一統三統為一元一元之數凡四千六百一十七年也又或以四章為蔀二十蔀為紀三紀為元一元之數四千五百六十年亦不外是也雖然此特其大略耳其詳又在持籌而損益其分抄雖推之至于今日皆可也

右渾天儀論原本一十二篇嘗為人持去予編錄時求不可得既乃徧訪先生里中久之有學究出錄本以示乃為詮次校訂復於理學類編內檢得天度等論四篇彙入嗚呼先生學邃星曆厥徵惟茲雖其所論多參前聞然一家之言有足開發後學者萃而具存讀者可不加之意而求不惜於司天之學也哉

閔文振謹誌

石堂先生遺集卷之十

石堂先生文集卷之十一

宋寧德　陳普　尚德

論

仁義道義

聖人之愛道常如保赤子苟可以養其耳目全其真純遲晋需待而可無傷含護隱匿而可不病者必操而不縱寧閑而不開蓋必至於阽危而後用其扶顛救死之劑必入於晦冥而後出其抉肓破暗之藥是皆所謂不先天以開人各因時而立政者也是故易經四聖書積三王其為之者皆至聖且智豈不知其

末之必至然終不肯一手而遂爲之者事理時勢必有積漸明於道者必與時偕行而不敢有所先後也堯之命舜曰允執厥中人與時也至舜之命禹而益之以三言亦人與時也非堯不知危微精一之義至舜而後明也易地則皆然耳典謨以來未嘗言性至湯而後言之湯之言猶未昌也至夫子而後頗出之於易而猶未見於論語惟子貢嘗一言之子思再三言之至孟子而遂昌非好辯也人欲横流天理幾滅而人類猶在不深言其得於天者之不可已無以扶持人極立心立命而開示萬世也仁義道義之說亦

然論語言仁五十有七未嘗言義而惟於易嘗一言
之言道亦不一亦未嘗兼義亦惟於易嘗一言之至
孟子開口便言仁義言道而必兼義義者欲之偶利
之對也其相勝負如水火不深言而痛道之無以啻
七雄之耳而日月時人之目也故言仁言道皆必兼
義正猶暮夜之燈燭盛暑之清風皆以濟時救世而
不自知其切也亦猶言利之在易在子思皆未之昌
至孟子遂欲拔其本而塞其源皆因其所趨然也學
者皆言夫子天地也顏子春生也孟子秋霜烈日泰
山岩岩也是固然矣然當七國橫流之日而無秋霜

烈日之威泰山岩岩之氣象其足為狂瀾之砥柱乎孟子之辯義利亦猶夫子之作春秋皆對證之藥劑應侯之律呂也

政刑德禮

聖人示人為治之道精粗本末無不盡也聖人之道輔世立人之道也而貴乎盡不盡則為苟道非所以立人〻道不立而謂之治者未之有也兩間莫大於人而君者人之主而任立人之責者也其所以立之者政刑其粗德禮其精而德又精於禮也政者生之安之而有不生其生不安其安而為非作亂於其中

則刑之所由起也刑者禁其為非而治其作亂所以一之使之各生其生各安其安而猶未也何者政刑者治人之身而不能治其心心者人之所以為人治其人而不能治其所以為人身免於罪戾而惡之根猶伏於心不足謂之一也是故先之以德以興起其同得之天繼之以禮以裁成其有生已定之性脩身齊家以為不息之本制禮敷教以同其風興起以動其變之機裁成以盡其化之道如是則民之身得其治而其心復無不治表裏流通形性合一得其為人而復得其所以為人人道於是而始立而君之道亦

於是而後盡也政刑德禮請論之論語夫子之教皆所以立人也夏時殷輅其大體政刑德禮其精義也所謂經綸天下之大經肫肫其仁者也道之以德一語則又所謂淵淵其淵以立天下之大本蓋二帝三王之精微萬世立人之道莫之先焉者也太極之分上立天下立地中立人為三才天地其身而人為之心而人之心又其所以為天地心者也心不正則人無以為人人不正則天地亦將無以為天地故君人者其責為甚重其位為大寶非位無以正人而其所以正之者非苟焉忽焉若後世之為治者也何者正

民者正其心也生民安民之具不可無防[illegible]民之
器亦宜有而能使之沛然革心奮然為善洗滌舊惡
而皆為善人君子之歸則非政刑之所能也是故德
禮精而政刑粗德禮本而政刑末而德又精於禮而
為之本二帝三王之所以為天下若孔孟之所以教
天下萬世其於此四者未嘗不深致其意而曲盡其
至也夫治天下之道不可以不盡盡之云者精粗本
末無不備也貪高慕遠忽其粗而畧其末不可也喜
近功樂智數事一切迂其大本而怠其精微尤不可
也是故唐虞建官惟百夏商官倍周官三百六十皆

所以為政也舜禹六府三事箕子武王九疇八政政無不舉而以厚生食貨為先刑未嘗廢而以赦過欽恤為重而猶以為未足是故六府三事以正德為樞九貢五服以祗德為要九疇八政以建極為宗建極者正心脩身以為天下之標準明其明德以明民之明德也德明則人心皆感動興起而禮者又所以一其不一者是故秩宗典禮禮之一而司徒之教人倫巡守之脩五禮禮之備也周官三百六十總謂之周禮而司徒宗伯之官居其百有二十禮教國典之常而六官庶事庶物皆天理之節文人事之儀則之所

者也井田以厚其生庶職以利其用六卿六鄉九州九牧以盡其心司寇以禁其非而一人垂拱於上探精微端本領孝弟齊家以為天下先地官春官夙夜同寅脩舉五典五禮三百三千以槩之天下韞玉抱珠得其同然者無不動而秉彝有則得其當然者亦無不覺所以二帝三王之民皆直道而行而堯之所謂勞来匡直輔翼振德易所謂財成輔相以左右民者二帝三王無不盡也本末兼得精粗備盡表裏融通遠近齊壹建極保極君民合體太和之氣融液流通所以天成地平鳥獸草木亦無不得其所夫子之

言蓋祖述憲章之全体為人君者所當深思其故者也雖然夫子之精意猶有所在讀者所當知也何者德其体也禮者全體之中粲然截然者也道之以德亦惟先盡其禮而以孝弟為先齊之以禮者亦惟推其同得之天秩事為之制物為之則以盡其財成輔相而已是故德禮雖二而實一惟德常為之先而禮之推行則其次耳不然德為虛器而禮者強民使之從也豈能有恥且格與起而齊一哉

秦漢以來此事盡廢井田不舉地官不設德禮之迂久矣而其所謂政者亦非古人之所謂政也治

具之存惟刑而已為人上者深鑒乎此則坐以待旦猶為晚矣

誼利道功

君子之於天下也盡吾心而已其他固未有所假也心者性命之全體也求盡吾之全體則於吾之性分之外不但有所不求政亦不暇求耳夫有所植立必將有所冀有所從事必將有所就而君子之心於其所植立從事者無所不盡其心於其所冀所就則常有所不及也非不及也求盡吾所受之定分與其不可昧之本心於吾之所當然而不可已者一一不欿

其有欽然而不滿焉是則吾心之所存吾力之所用自孳孳焉而不能去於是然則其所冀望成就非固不欲也心有所不及而力有所不逞也正義不謀科明道不計功請以是論天下萬事其不可不為者皆職分之當為皆性分之所受古今天下有明於理而無私欲之累者其於是也蓋汲汲焉若有所不足惕惕然若有所不安得其心則苟以自免不得其心則無以自寧當是時也雖天子之貴四海之富不能易其所守而況於區區者哉是心也不跡其來莫知其故但見其昭昭明明自有不可昧不能已者雖欲舍

之而不能舍也是所謂性分也伯夷叔齊之事是矣所謂盡性者也所謂如心者也父子兄弟君臣之誼之道天性也人心也即所謂不可觧於心無所逃於天地之間者也伯夷叔齊之心純乎天理而無所歉故伯夷叔齊惟求盡乎父子兄弟之倫以為不去亦不得以如吾心也夏商之際武王周公盡其变伯夷叔齊守其常盡其变心也守其常亦心也伐而不諫不得以如吾心諫不得而不餓亦不得以如吾心也心之所受有如天日鬼神在上人物在下欺之不可掩之不得故拳拳然奉之心胷之間而其他皆有所

不及焉是故失國而不怨餓死而不怨仲尼稱之曰求仁得仁又何怨蓋方得所求而不暇於怨也理之是非相去一間心之存亡在於毫髮怨者計功謀利之端也伯夷叔齊而怨則天下萬世之人必將恨於失國而悔於殺身恨失國則雖在於得悔殺身則唯在於生而道義之心為歆所揜矣仁人者無歆之人也心為歆所揜其得為仁人哉董子曰仁人正其誼不謀其利明其道不計其功謂心不為欲所揜也其見理為甚真其有得於仁人之心為最盡秦漢以來横絶古今照耀萬世之言也而其所以不謀不計者

猶未及言何者仁者誼道之盡人心之全也仁者其性而心者其宅盡性者但盡其心盡心不過盡其性也求盡其性必無缺而後已求無缺則無缺而後安有缺不安也志在於安憂在於不安則利自不及謀而非固不謀功自不及計而非固不計也志在周則自不及於楚歆在熊掌則自不及於魚心無二用在此則不暇於彼矣夫是之謂全也仁者人心之全也計功謀利害其全者也猶知功利之所在而顧惜誼道不敢謀而不敢計焉亦不足以爲全也爲仁貴乎勇事在誼道而猶見得之可喜生之可愛則必不勇

於誼道矣古之徇誼而棄利守道而忘功無所留難者皆一於誼道而不見得與生之為利故也然則江都王之問為會稽三大闕

天下有道如何

論曰理在天下未嘗一日泯也萬形皆有敝惟理無存亡時有顯微之不同耳王制大明群下秉命經文緯武之大政出於一人而達於四海當是時也君臣上下之分定天下之人習其所行無所駭異自夫世運日落一人之尊不足以服乎庶人之卑自一時觀之天理幾於絕矣然而無情者之機詐不能勝有情

者之公論雖或肆無所憚而閭閻之下有是非之心者紛然執之而有辯然則道不在諸侯大夫而其一綫之微未嘗不在天下也夫子言天下有道者三而卒之以庶人不議謂當時諸侯大夫不能止庶人之議也道不在諸侯大夫而是非之心在庶人則道之在天下何嘗一日泯哉天下有道如何天下之淪於形器者皆有存亡間斷惟道不然竭蚩尤夏浞之力而不能勝窮公輸墨子之巧而不能使之一息不在天下也道者性也性者人之所同得也世而無人則已苟人類猶未息也則道豈能離乎人而自廢於無

用之地哉利心勝智力生世變下詐偽起一治一亂古今所不免也乘暮夜而行其私利微弱而奪之柄肆為虎兕以行於天下自以為天理可滅而人力可逞也豈知拔山扛鼎之夫弱於窮閻之匹婦而一夫之手不能揜衆嫉之口哉道喪於詐力而不喪於愚夫愚婦之良心噫可畏哉東周天子之令不出於成周而復乘之以五伯天下之勢如隤裂石於萬仞之上不至於壑而不止始焉諸侯僭天子繼而大夫僭諸侯卒而家臣盜大夫至於定哀而禮樂征伐之權渙然莫知所歸道之衰也亦云甚矣雖然盜周室者

齊魯以下十二國而已盜諸侯者翟泉溴梁之大夫
三桓六卿陳氏而已盜大夫者陽虎佛肸而已夫子
周游之所見聞或抱關或荷篠或耦耕或狂歌無非
病時傷世之言當時閭巷畎畝之間簑笠襏襫之民
思先王而嘯歌覩風景而興懷談於草莽之中而議
於江海之上者固不少也夫子謂天下有道則庶人
不議則其所聞固不止於晨門沮溺之徒矣道喪於
一時之君大夫而是非之心在閭閻謂之無道云者
蓋指列國之君大夫操天下之權據天下之勢者云
爾豈例之天下之人哉由是觀之道無止息性無存

亡詐力終有窮禮義之心常如故特文武成康之世道達天下而衰周之末則寄之閭巷之人不無顯微之異耳古今天下姦夫小人不能盡絕而五常之理碑於人心者不可磨詐力之俗自春秋極於秦而惴惴焉常畏有心者之議雖坑之焚之以愚之而不可愚非不可愚也道不可亡性不可泯也晋之九四曰晋如鼫鼠貞厲蓋五君也四臣也其下三柔之議其後故曰鼫鼠鼫鼠者盜而畏人者也愚嘗以為四之行雖可鄙而義理之心未嘗亡豈惟是非之心在衆庶而四之知畏即羞惡之端道之不亡益可見矣姦夫

小人不能自滅其良心而欲禁諸人也難矣明此而後可與論性明此而後可與議道

禮官勸學與禮

論曰英主有志斯文有古之意而無其制惜哉夫有其意必有其制意古而制不古安能追古人之治哉禮者經世之具學者所以明礼也尊其官衆其徒多其所而纖悉其法其純一無雜足以一視聽而陶民心而其崇重要切尤足以励天下而使之勉勉以為善此古之人所以無不學而古之風所由美也後世英君悼斈挍之不脩礼教之不行慨然而有復古之

言意亦美矣惜夫綏而不繼倡而寡和學者明礼之
所既能大闡而多設礼官礼斈之宗主乃徵其職而
卑其秩民之耳目猶惑於雜而天下之心未覩其意
於崇尚而無以加也薄其播而厚其歛得乎孝武元
朔五年之詔初意甚美而其效則淺者斈校無所而
漢之礼官不足為天下望也礼官勸斈與礼請詳其
說治世貴擇術既得其術則行之不可以不純職之
不可以不尊不純不一不一民弗化不尊不信不信
民弗從純其術可以一其民尊其官所以純其術桓
公之心一於覇不尊管仲不足以成覇孝公之心一

於強不尊商鞅不足以遂其強此吾道之所羞稱者而循若是也師九二握師之權必王三錫命而後足以使其下久矣民之向背視上之輕重也況經世之具而以二千石之太常六百石之博士職之乎人倫正則朝廷治朝廷治則天下化天下化則風俗淳運祚長礼者四維之首国之命也古之人知礼之急也故既制民常產即継之以庠序之教孝弟之義塾於家庠於黨序於遂斈於国天下無非斈也學而無非礼也楊墨未作也孫吳申韓未起也佛老未入中国也田耕井鑿之徒耳聞目見無非事父事君親親長長

貴貴之義而職是職者自冢宰后稷以下蔑以加焉何者不尊其官則天下不知上之人之重之也夫政刑兵工有国者之急而礼教似迂也然而舜之命官首百揆次后稷次司徒司徒猶未足也復有典三礼教冑子之官周官冢宰即繼以司徒司徒即繼以宗宗伯掌政掌禁掌士之職亦重矣而皆不以先焉夫舜命九官而礼教之官三周官六卿而礼教之官二三與二猶不足而且尊之重之古之人何若是其急也急其急則天下莫不急緩其急則天下莫不緩也漢承秦覇徒有過魯祠孔子足以存斯文於一線四

代之庠序禮樂皆高帝所不能行而文帝所以為治
論而未遑也高帝以馬上為急文帝以清淨為急所
急者或大國連城而所緩者僅得與卜祝並列叔孫
通固陋矣而太常者去卜祝無幾矣刑所以弼教皋
陶者契之助也漢之禮官不次之丞相太尉猶可也
亦不得與廷尉並尊使民何所觀望哉孝武禮壞樂
傾之閔勸學興禮之言而卒之以崇鄉黨之化其志
亦善矣惜其丞相弘者無能充廣上心為漢慮不遠
爲斯文計不深太常之秩其在漢廷可謂寂寥無異
而不足為世重矣周官司徒宗伯屬各六十漢惟太

常朝儀祭祀之外其於君臣父子長幼男女之禮無與也公主顯蓄侍人天子以歌婢為后太常豈與聞哉勸者鼓舞天下而使之樂趨興消翕然而起也當時之鼓舞翕然者惟大將軍之尊重驃騎輕車材官之赫奕文成五利之寵榮足以示上意之隆耳區區太常博士豈足以鼓舞人心哉興禮得其術勸率得其本柰之何礼官之位卑職微率校無所而皆未之思也薄其播而厚其歛得乎雖然上好礼則民莫敢不敬礼者自上始也舜之治始於二女周官之化始於虎賁綴衣風化之本不立則風化之職徒設也然

則漢之勸學與礼當何術曰重其事分其官而內無
長門之怨千門萬户珠帳玉几之侈則其庶矣

鴻漸木漸循水

以道諳道人物之所同也人物之所至皆道也然必
以其道而後能至於道天下之物各有所成其究也
各有所得成者成於道也得者得於道也然其成其
得必以其道而後能至焉而况人乎不成於道不足
以為業不得於道不足以為德然而不以其道未有
能成於道不以其道未有能得於道也所成所得者
其所至而所以者則其所從入之途必得其正而又

不可失序而欲速也物理皆然也而人有不然其可哉鴻漸木漸猶水此楊子之言庶幾於道者也孟子深造一章學者皆以道為主而不知所造所得之道孟子未嘗言所謂以道者乃其所入之路所嚮之方所以造而得之之由也學者之所造所得何莫非道故不待言而但正其所入之路所嚮之方而勉勉循循以至之故曰深造之以道蓋欲得其正途而又不可以助長躐造積踐履累歲月而後至也不得其正途則差以毫釐繆以千里無由而至於道也不循循而進而有欲速躐等之心則是不固其根不成其幹

而欲其本末之畢備亦無由以至於道也道也者天命之全體聖人之全德不得其門無以入不循其途無以至不積其習無以有不得於講明之素特守之熟無以達是以古之聖人孶者莫不以道而詣道所詣者升其堂而入其室所以者由其路而陟其階也由其路者辨其是非邪正明其所當然而定其所志之的定其所至之岸也陟其階者積其力培其本而遂生長成立者也故不得其正非詣道之道不循其序亦非詣道之道也道猶路也豈東行而可以至秦一蹴而可以千里哉或問進於楊子楊子以水滿而

後之漸告之是即孟子所謂不盈科不行不成章不達之義也又問鴻漸以循水告之又問木漸而亦以循水言之皆盈科而後進之義也鴻知時而有序而木積日月歲年而後成與水之漸無異也是即孟子集義養氣之斈勿忘勿助長之事乃大斈八條之次序詩人所謂無田甫田無思遠人總角丱兮未幾見兮突而弁兮者也水如是而後得水之道鴻如是而後得鴻之道木如是而後得木之道斈者於聖人之道亦必如是而後可庶幾也而其論鴻之漸也復曰非其往不往非其居不居此又上通水下通木而言

之其意尤為盡何者鴻之進以時以序固也而非洞庭彭蠡則不往其往来出入之路非鴈門則不由亦猶水之必就下而趍海而木之必生山林也不惟得其序而復得其正不得其序非道也不得其正尤非道也二者兼之而後得於進道之道而後可以進於道有所成而有所得也釋氏之去道遠者皆不得於二者故道無頓悟之理而釋氏有頓悟之宗道由君臣父子脩身齊家而入而釋氏乃不由之二者皆不得而往往自以為有道蓋道其所道非吾所謂道也雖然道者道也得其正則皆可以得之不得其正自

不能以循循於序也釋氏之過盖由於入門之非塗轍之差苟得所入之門所由之塗轍又豈有不得其序之患哉

又

人物同一道也惟安於序者得之天地間万物皆序也人而不安於序則去道遠矣道之自然謂之序其進退先後各有次第倫理不可有一毫之過不及也此不惟人之所共由雖物亦共由之不惟義類之同者共由之其位分之大小相絶者亦共由之是故道無間於人物序無分於小大物之大小無不安於序

人者物之靈而最大者也乃獨不安於序亦獨何哉楊雄答問進者以水之漸其義羨矣而復於鴻漸木漸之問皆以循水答之漸者以序進水之進以序而鴻與木皆以序鴻與木去水遠矣而亦不能違乎序蓋序者道體之本然也天地間無有能違乎道者水與鴻與木豈有異而人亦豈得而獨異哉大哉序之義乎孟子所謂人路是也天地萬物一一由之惟人之有欲者往往而不由之也天地萬物同一道道者路也天地人物之所共由也或遠或近或萬里千里或莽蒼雖章亥之步穆王之駿莫不積尺寸累日月

而後至未有在齊魯而一朝可以秦雍者也人生天地位分四時皆天命之序也天亦何心哉道之形體次第然也賤者無一朝而貴也貧者無一朝而富也小者無一朝而大卑者無一朝而尊也一朝而貴而富而大而尊是宋人之苗也大戊之桑穀也是符堅之蕉蒲是冬而李梅實未啓蟄而龍蛇出未春分而玄鳥至菊未黄華而鴻鴈來也天地之大也其寒暑晝夜四時晦明升降七政之行也四時之生也無不積漸而後至成章而後達故古之聖人賢士其於進退行藏富貴貧賤尊卑大小潜見躍飛之際一聽於

命一循於理一安於時不出位不踰分不失義不犯禮在下不援上處約不求富在退不好進在上則如舜禹后稷文武之有天下在下如太公伊尹伯夷孔孟顏曾之進退莫不皆然者道之序則然而人不可以徒勞也豈徒勞也哉盡心力而為之後必有灾也楊子雲儒者也蓋有見於此易六十四卦其義訓進者三晋也升也漸也皆進也而漸之義則序進也蓋本否卦將変而為泰一陰先進居四其下二陰以序而進也有待而不驟安時而不急故名為漸而卦為取女吉爻為鴻而大象為山木取女吉者如男三十

女二十父母之命媒妁之言納采納吉納徵請期親迎之禮各得其序而後從人也不然則為踰墻之從非序也鴻者羽族之知時而有兄弟之序者也故六爻皆用之山木者以序而長無一夕而拱無一日而百尺者也或問進於楊子以水答之得其所以答之矣而於鴻也復以循水言之於木也併以循水言之水溪澗也江河也淮漢也其於鴻與木小大位分固不同矣而楊子一之者鴻與木皆盈科而後進之理也蓋道體之當然天地之所不能違也鴻木之序將與天地一也而况於水乎况於人乎楊子以循水言

之特未及天地爾然固非止於水也豈足以為異而有位分不同之疑哉若楊子知進之序而於退之序猶未明是未足為知之至也位不過黃門官不過執戟三世而不遷可謂安於進之序矣仕漢而復仕莽得無失於退之序乎莫非序也鴻秋南而春北也木與水春夏進而秋冬退也皆序也楊子以鴻處木不得其牖而不知退以取投閣之辱豈非所謂能言而未能盡行者乎

重耳天賜

片言足以盡人之心子犯片言耳而重耳君臣之情

可見矣夫為人子者主於孝為人弟者主於敬為人臣者主於忠而已何暇乎利害得失之計重耳晉獻公諸子之雄趙衰狐偃晉之良也惜其於道未聞故其所就甚卑不知有聖賢君子之道驪姬譖行父子兄弟之不幸也申生稽首而卒過矣夷吾重耳之亡大杖則走之義也篳輅籃縷沐雨櫛風由君子之道則號泣于旻天而已履霜中野負罪引慝而已至誠感神志壹動氣父子兄弟有烝人之美宗廟社稷將蒙孝弟之福奚齐卓子之禍惠懷之亂固可潛消於冥冥之中柰何幸宗国之不靖弟兄之不能立而以

為巳利哉乞食於野人出奔之十二年魯僖公之十六年夷吾之七年也獻公卒八年矣其間里克弒荀息不幸沙鹿之变荐饑之灾丧師暴骨於韓原惠公辱於秦七八年間民命如草芥宗社如綴旒使重耳而仁子餘子犯而忠也必將哀恫怨慕太息流涕謂巳之不德致然何至竊喜私幸計日而反国哉謂野人之塊為天賜是幸父子兄弟之不幸安宗廟之危而利民之菑也其情可見矣雖外之患而天不靖晋国雖鄭叔詹之言亦重耳舅犯趙衰之宿也其不仁矣大抵王霸殊途義利異趣猶馬牛之風胡越之

人王以義覇以利義則行一不義而得天下者不為利則惟得失利害是計親戚父子兄弟猶途人耳此重耳子犯所以幸晋国之亂而後来之功烈如彼其卑也父死之謂何而因以為利亡人無以為寶仁親以為寶此重耳狐趙之詐也豈足以欺萬世之人

張耳陳餘

戰国之士下者阿時徇利如妾婦奴隷高者惟慷慨決死生荊軻聶政田光高漸離樊於期侯嬴之徒皆感激大義蹈厲奇節自以震耀一時光明萬世然而君子不之與也至如碎首秦庭濺血澠池猶不足以

登君子之堂況荆軻聶政輩哉張耳陳餘在秦漢之交聞戰國奇士風烈相與為刎頸交鉅鹿之下陳餘畏死首敗前盟而張耳因之蓋其平昔非道義相期忠信相與其不終也固宜然使陳餘能不顧生身犯虎口為張耳死張耳復不顧生亦犯虎口以報陳餘九泉相見無愧平生然而君子書之與齊豹同耳龍戰于野日月晦冥苟無舜禹仲尼之才則俟命山林畎畝耳彼耳餘者相與握手為幸亂之盟杯酒酣歌苟以貧富貴賤死生相計雖賤其言乃姦豪盜賊之尚氣忘身者耳況以富貴貧賤相期者不可必於利

害之際哉蓋戰国至漢初自孟子之外唯隱者為正
其諸死節雖為奇偉不足云也

李牧

李牧累年處女以為一朝脫老之資趙之士美衣食
飽牛酒思一奮而不得而敵以其怯積玩湯而不知
戒嚴其勝一也車千三百乘騎萬三千匹戰士十有
五萬簡選練習皆百金之良其勝二也又能謹烽火
多閒諜未戰之前匈奴雖入而趙邊無所失亡此與
其他將帥志利忘害不圖完全棄二三而保六七者
復不侔矣雖然以李牧之智而上不能全其國下不

能庇其軀人婢不可以為主趙王遷之母娼也其信讒人殺忠臣良將以忘其國者固其所也當其立為太子李牧固知其不可矣及其王也乃安事之而不以為意蓋人心不可以有所蔽有所蔽則必有所忘明者兢兢業業一日萬幾苟有所蔽則禍在蕭墻事生旦暮而不之見李牧始見趙王遷之不可立其未有功時也及其北破群胡西摧強秦虎視天下無足帶芥其胸次者故其視趙王之無国家之福與郭開之能為已禍者乃忽焉而忘之此其所以死也夫知進而不知退知存而不知亡者未有不亡者也以李

牧之志氣一為功名所奪則不旋踵而忘其身而国
亦隨之孟子教人養氣持志之學其可忽也哉

兩生叔孫通禮樂

道有定体雖舉世不售而不可貶性有定分雖没世
不偶而不可回此兩生所以為大臣而叔孫通之為
小人也自計功謀利者言之坑焚以来學士之困久
矣一日天下定而有共起朝儀之召四海有君朝廷
既立堂陛之礼豈為不肅兩生誠不知時叔孫通其
達変矣曰兩生無考而其言實足以嚴吾道之大閑
其守則庶乎以道事君也叔孫通誠為適時而其害

道為不小蓋挍劔斫柱之習不可以不挽而衣裳俎豆之数不可以輕侮漢之朝儀不能已而禮樂之繩墨彀率不可緣漢而改毀禮樂言之後世若迂而繩墨彀率之所在志士仁人以死守之禮者所以序人倫位天地樂者禮之化成致中致和之極功也一物無序不可以言禮一物不和不可以言樂王道於道未深也而其言曰五行不相沴則王者可以制禮矣四靈為畜則王者可以作樂矣此禮樂之繩墨彀率也禮樂之家必如關雎麟趾禮樂之人必無愧於屋漏不如關雎麟趾則所令反其所好而民不從職禮

樂者有愧於屋漏則枉已者未有能正人者也故曰夙夜惟寅直哉惟清夙夜惟寅者自強不息與天同健直哉惟清者循理無私與時偕行故曰純亦不已天德也有天德則可語王道其要只在謹獨豈漢高帝叔孫通之所能與哉禮樂隨時損益儀文度數小過不及之間周冕殷輅質文三統是也未聞削楹為杙以石代玉而謂之損益也一代之興必有一代之風氣而其本起於刱業之君齊桓公唐太宗內行不謹雖極力為仁義而不能久蓋衣猨狙以周公之服舉禮樂於倡優之家豈惟勞苦不堪而其氣習容止

自相戾而不合猨狙之性可制其跳梁叫嘯不能使之終日百拜揖遜於俎豆之間叔孫通之禮所謂止其叫嘯兩生之云所謂終日百拜揖遜於俎豆之間者也高帝山東之酒徒也一時相從刀筆之傑販夫屠子剽盜山澤望屋而食之徒也天下已定以金錢相詩奴婢相遺為禮以楚歌楚舞巴渝擊筑為樂竹皮冠之於章甫左纛之於殷輅猛士歌之於周南召南雅頌其相去幾何蕭何未央宮其制度出於秦功臣所封之國邑惟其欲而猶不止也呂后呂須非關雎之窈窕盈及如意非麟趾之振振也君臣堂陛之

閒得無醉酒諠譁足矣三百三千無所施也賈生言
禮樂於文帝之朝趙綰王臧舉禮樂於武帝之世王
吉陳王制於宣帝之時皆以取厭貽怒招尤速累蓋
其風氣習俗已定於漢初一揖之從容片時之端委
有不能勝者故高帝曰度吾所能行文帝曰卑之無
甚高論宣帝曰漢家自有制度蓋皆自知自揆之言
雖不可與行王道而猶知有向上一層事而以已為
不能及也叔孫通處高帝呂后韓彭絳灌之間規矩
繩墨四顧無所措而獨以未央長樂禁譁止醉之禮
試之五帝三王之損益非賴兩生數語則禮樂之說

自是而益卑矣禮樂之人動以規矩叔孫通何人也两生少貶而從之則斯文遂喪而無以開來世矣两生者雖飯蔬飲水以死而不可以道徇人背繩墨而追屈曲也大抵叔孫通所制者朝儀非制禮也而有制禮之名一也以漢初氣習加以叔孫通之素行二也此两生之去也太史公尚奸雄故两生之姓名不著君以積德為禮樂之本知高帝不可與言礼樂而遜辭於死傷之未起是其明也因叔孫生歷事十主以其來召為汚巳是其正也不隨三十人以取富貴是其介也雖未必如陋巷之顏而巳嶷然王佐之風

釆也盖礼樂之本起於衽席帷房而積德起於集義
大臣當如伊尹周公然二子不肯枉尺直尋輕爵禄
而重進退是可與言王道矣可與言王道而後謂之
大臣否則功如管仲猶為器之小也或曰漢祚四百
年叔孫通無寸功乎曰盗無統紀不能為盗漢之朝
儀其能已乎蕭何張蒼優為之叔孫通適逢其會耳
四百年高帝長者文帝休息之力也叔孫何與焉曰
礼樂其終不可興乎曰道有定体不可貶也黄綺應
曜召平皆不肯從高帝豈惟兩生叔孫何人也碌碌
然而從其後兒戲於綿蕝之間分金於儀成之後兩

生何以為兩生乎周公沒百世無善治礼樂在天地間固無恙也與其斷而小之以俯就一時孰若寄之山林枯稿之士以俟萬世哉

性善

太極之分上立天下立地中立人為三才才者能也所謂良能是也是故天地人非徒形也而各有性焉性者所以為良能也覆幬運行天之良能也持載生育地之良能也愛親敬兄忠君弟長仁民愛物善々惡々人之良能也是皆情也而出於性焉天之性剛健悠久地之性柔順安貞人之性仁義礼智非有是

性孰為是情荀卿楊雄不知一原之孛故以性為惡為善惡混豈徒不詳不精其自卑自小亦甚矣人與天地並立為三天地皆有良能而人獨無良能乎孟子道性善七篇之書大抵皆發明此二字而其所謂四端者傾囊倒橐發露無餘舉天下後世異端邪說無所容其辨也齊王不忍觳觫性善也滕文公行喪禮而弔者大悅性善也墨者夷之聞泚顙之言而憮然性善也曰仁人心也曰仁者人也性善也曰堯舜與人同曰人皆可以為堯舜性善也人皆有所不為人皆有所不忍性善也無為其所不為無欲其所不

歆性善也人倫明於上小民親於下性善也君仁莫不仁君義莫不義性善也經正則庶民興庶民興斯無邪慝矣性善也告子上凡二十章大抵皆言性善至其所謂四端者凡一再言之又詳言之蓋惻隱羞惡辭讓是非之心合天下萬世聖愚賢不肖君子小人盜賊異類皆有之至如楊墨佛老私立門户牢設樊墻如金城鐵壁之不可破者其天命之本然往往時出間發而不自知譬如強瓠使沒東沒而西出強越人為胡語而終不能忘其故也非有是性孰為是情善論性者常於風氣不能移利欲不能蔽異端不

◎

能熄者觀之齊太史敫居功利之世當戰爭糜爛之
餘女其王后而以其合之不正也絕之終身是心也
孰從而來哉萬石君奮三晉之人也生於坑焚之日
長於陳涉劉項之間耳不聞絲竹目不睹詩書而禮
法彬彬家如鯉庭是心也孰從而生哉晉靈公使盜
刺趙盾及入盾室見其朝服假寐乃觸槐而死唐太
子承乾使盜二人刺于志寧一人入志寧家見其在
苫塊中油然而不忍也陽球使盜殺蔡邕知邕之無
辜也以告而脫之劉裕使盜刺司馬楚之見其謙恭
下士不惟不發而反為之用焉惻隱羞惡之心盜賊

姦人亦有之謂性不善得乎金日磾在漢庭端重謙
謹過霍光遠甚匈奴人也姜庶子為唐名臣日南人
也張保臯鄭年棄私徇公似李郭起朔方時新羅人
也且鞮侯單于二子相讓似宋襄公目夷呼韓邪單
于兩閼氏大者能徇國家之急小者能明嫡庶之分
皆漢家所無也吐蕃使者禄東贊至唐太宗喜其才
欲以貴戚女妻之而以國中有婦父母所聘為辭突
厥頡利可汗兵敗左右皆散投身無所而思摩猶以
死相從靈武二孝李華贊之言其生長氈裘之俗而
有曾參之行宋以大漢黃沙空山白雲狀其孝思之

苦讀之使人流涕也春秋隱桓二君皆及戎盟于唐而獨桓書至先儒以為此仲尼浮海居夷之意謂桓負弒君之罪中國不能誅而戎狄或能討也書至者危之也故曰舜東夷之人也文王西夷之人也少連大連東夷之人也公劉大王繆公由余慕容恪慕容垂苻登吐谷渾葉延皆沮渠羅仇河洛濟岱之間所希有也曰仁與義天下一家謂性不善得乎豺狼父子蠭蟻君臣孫拱奉不事非其主秦吉了死不肯入蠻也武昌孝猿名聞南北良知良能無間於物謂性不善得乎貪夫小人姦雄大盗亂臣賊子其為惡也

必乘陰其欲發也必畏義閒居為不善見君子則掩之平生窮嗜欲及將死則悔之利害在已弑父與君亦為之利害不在已取人一介亦知其為貪利害在已殺人如麻有不卹利害不在已一蟻有不踐焉欲心膠固嘗糞舐痔舉所不為一旦以簞食豆羹蹴而與之雖死有不屑也雖有桀紂盜跖之行卒然發其私斥其過則弱者必愠而強者必争故善論性者常於利欲不能滅者觀之

石堂先生遺集卷之十一

石堂先生遺集卷之十二

宋寧德　陳普　尚德

書

擬上　皇帝乞行井田書

臣聞天下有不可不為之事臣子有不可不言之忠不可不為而為之所以盡君道而立民命不可不言而言之所以成君德而承天心聽其言察其心觀其事理沛然而為之足以繼往開來超唐絕漢直與上古帝王同其德位名壽豈不美哉臣惟帝王經世之制莫要於井田臣幼讀經史竊見黃帝以來歷少昊

高陽高辛唐虞夏商周二千年中俗厚風淳上下同
壽五福流行六極不作其間亦有阪泉涿鹿鳴條牧
野之兵伐帝征葛之師戡黎伐崇之旅大抵數百年
而一見其他則天下之民無非出作入息不識不知
之時四海之内率皆戴白不見兵甲之人雖有九年
之水七年之旱而天下無飢瘠之人也周衰七國以
来至于近代将二千年其間如漢文景明章唐太宗
玄宗宋太祖仁宗皆稱賢主所行愛民之政亦多而
四海之内不能免於飢寒凶年飢歲無得逃於餓莩
若夫干戈盜賊則有百年不息桑麻焰火一二百年

而不能復天災地異則無歲無之此無他故也帝王
經世之道行於古而不行於後世也今　陛下以堯
舜之聖深子民之心講行善政戒飭官吏凡有詔條
無非恤民厚下之意而下之俗終不得同於二帝三
王之世上倡而下不應君有道而民俗不符此亦無
他故也心與古聖人同而政未出於漢唐之上也臣
聞天生民而立之君所以經綸天下之大經理人道
盡人事而成位乎三才之中也何謂大經一曰井田
二曰礼教三曰封建井田所以立民命礼教所以叙
人倫封建所以維持二者以底於大定無窮者也人

生天地最重者倫君臣父子夫婦長幼朋友之五典
是也人倫不正無以為治然而民食不足民生不厚
則五典之敦不可得而行故為民父毋者其為民計
慮區畫未有先於食也舜命九官以后稷次宰相咨
十二州牧則先之曰食哉惟時食哉者民食最急惟
時者農時不可奪也禹以善政告舜五行之下加以
穀為六府正德利用結以厚生為三事其治水也常
與益稷同行使之播奏艱食鮮食於民以為助箕子
陳九疇於武王一天之五行二人之五事三則有国
有天下之八政而食君其首貨居其二武王得其語

故於歸馬放牛之後重民五教而以食為先喪祭為次喪祭五礼之最大而亦莫能先於食也周家享國八百六七十年文王齊家之化也而推其本則皆后稷公劉以來農桑之功周公作七月陳艱難於成王凡八章八十八句盡備后稷先公憂民務本之勤勞與夫農桑細民器具衣服寒暑時候之纖悉其作無逸以戒成王至要之言則先知稼穡之艱難一句也臣嘗考周於三代為最長者皆農桑之功小雅楚茨信南山甫田大田四篇大雅生民公劉二篇周頌思文臣工噫嘻豐年載芟良耜六篇魯頌閟宮一篇皆

七月之意也周南召南雖主齊家而葛覃一篇亦農桑之意無他民為邦本食為民命食足而後人倫之教可行先王往聖其勞心於天下無一不在於此也然此數者方以生為重食為急至其所以為之盡其謀慮詳其區畫必使之食無不足生無不厚者則有其道夫天下國家豈可無數百年之安民之生也豈可無百年之樂其多動必靜久勞暫逸百憂一喜者非養民之道亦非守國保邦之深計遠謀也秦漢以來之民大抵皆多動少靜久勞暫逸百憂一喜終無王者皞皞之風與終身不見兵革者治世不能無歛

食凶年饑歲極力拯救不過如大旱之小雨而况於
移民移粟待奏俟報不能救其朝夕垂死之命孟子
以移粟之政為五十步笑百步為此故也民不土著
入無餘財身家妻子之念常如焦火末技遊食東奔
西馳倚市門登龍斷疲勞道路充斥市里雖後元貞
觀開元之盛而安土之人常少天地間和氣常為之
搖動傷害三光常不全而雨暘寒暑常不平皆為此
也是故古之王者之於民也不徒以生與食為重其
所以足其食厚其生使之漸成皡皡之風有日出而
作日入而息之熙熙而無凶年飢歲之狼顧者非疆

理天下定為八家同井之制不能也何者井田行則天下無飢人不行則雖盡耕無曠土而民食常不足民志常不定自秦廢井田容兼并富者華侈驕逸廢其四支以自居貧者救妻子之不暇井田行則終歲勤動得十之八九而三年之耕猶餘一年之食為水旱之備不行則無田而假於富者終歲勤動不得十之四五一歲之食百方補湊猶或不足惰者抱膝以待忍卑苟賤為豎為役效牛作馬以給其妻子一遇水旱螟蝗則死者相枕矣井田行則耕者入其十之一於君上不行則耕者入其十之五六於富人井田

行則耕者寳為已物又復八家合而為一以相率而無東西想望馳逐之妨其耕種耘耔糞灌培壅皆得盡其心力及其時節惰者不能不力而病弱鰥寡復相扶持不惟天下無無田之人而田之所獲且與後世耕者不同矣不行而假之於富則不以為已物自多苟且滅裂無八家之相率自多怠惰廢棄又有他心他事之妨則其苟且怠惰自不可得而禁止無同井之義則疾病菑患不相恤鰥寡孤獨不相周身家急則恩礼自輕飢寒逼則非心不禁孟子所謂救死不贍奚暇礼義賈誼所謂飢寒切於肌膚歆其亡為

姦邪不可得也其為不順不利盖有不可勝言者猶有一事不可不思何者田不井則兼并之害大也井田行則天下無甚貧甚富之民不行則兼并之家一以踰制敗度而壞天下之風俗二以作姦犯科而亂天子之刑賞貧者多而富少豪富為貧之歸依貧為富之奴役故能以匹夫而竊天子諸侯之權至於闕壞禮制敗亂尊卑未有甚於此也若夫天子之后以緣其領庶人孽妾以緣其履天子自衣弋綈而富民墻屋被文繡又其次也財力既盛窟穴自深叛逆姦盜倚為淵藪用為根本此作姦犯科之甚也若夫罪

惡小大悉以賄免肆行敢犯無所畏忌又其次也二帝三王之世二千年中雖桀紂之世亦無大亂者民無甚富甚貧故也秦漢以來千五六百年中兵一動則流血千里者往往逆理亂常犯上作亂之人成於富豪兼并之習而出於富豪兼并之家也漢家制度多亂於郭解劇孟之徒晉代風俗亦壞於石崇王愷之家而秦末之亂亦楚大家齊強宗之所成漢初為此徙天下豪傑於關中然井田不行事事無綱紀不足以華其踰制敗度之習此其最不可不講不可不思而先王之於民必行井田必正經界而後已者亦

慮及此而已臣愚以為此法無世不可行無時不可
舉張載所謂兹法之行悅之者衆處之有術期以數
年不刑一人而可復誠有然者特非在下者之所得
為也惟　陛下得以舉而行之第溝封阡陌之制决
裂已久無復可按然其制度具載孟子礼記周礼又
有程頤張載朱熹等名師大儒之講論皆可按行誠
能鑒臣蒭蕘一得之愚合朝野以議之定力以主之
擇才能以付之不疑於不行之久與復之難不搓於
淺近之言狗私之說無撓於富人巨室之雜奪先之
一縣一州一道以見其可行期之三年五年七年以

盡其制不徐不疾不驚不動不勞不費以成之臣敢
以螻蟻之命輙預保十年之後頌聲之必作也大槩
議論之初必有以久廢難復與富人巨室難奪為辭
張載朱熹皆嘗講此以為必可行也富人巨室亦有
處之之術使之幷心無怨所謂期以數年不刑一人
而可復非實有此理儻有其方何敢以為言也惟
陛下行焉則天下之民自今以始少動多靜多逸少
勞常樂無憂水旱螟蝗咸無所慮盜賊姦宄無由而
生給足之人多豪奪之家少然後興學校教人倫按
家塾黨庠遂序之制舉五教六礼三物十二數之經

漸講寓兵於農之舊不廢農隙講武之常使四海之内閭閻之間協氣陶陶礼俗漫漫天地間太和之氣如康寧福壽之人血脉流通不傷不隔日月光華雨暘時若百穀用成休祥日至所謂乾道変化各正性命保合太和首出庶物萬国咸寧者此也夫天地之中小大尊卑而已以大臨小以小承大以尊治卑以卑事尊故天行七政先定北極紫微之居以總其綱次列十二辰二十八舍及周天衆星之位以序其紀然後七政行而萬化成地之於天事事禀承亦有五嶽四瀆群山百川分布九州之内以殊其疆而别其

野人位三才之中君為人極之主礼樂之主故古之
帝王效天法地立為天子諸侯王畿地方千里公侯
百里伯七十里子男五十里附庸荒服之萬国所謂
天地之常經王者經邦体國之大槩也蓋君以治之
天子一人立乎天地之中五等小大環繞以維乎其
外無非所以安民者也自天子而下士田城郭宗廟
宮室衣服器用各隨位分等級立為大小隆殺大中
至正毫髮不踰之定制以定天下之耳目父子祖孫
相繼以為安固之永圖然後制為朝覲會同巡守聘
問貢賜之礼以通上下彼此之情喪祭宗支嫡庶之

經以教孝弟之俗婚姻嫁娶以正男女之别司徒司空司寇賓師以舉治國治民之政照臨考察慶賞貶削以為善惡恭慢之賞罰其制度則法天效地其大意則安民永國者也井田以本之封建以維之不井田不足以定封建土疆不封建不足以維井田於永遠不井田則強兼弱大吞小經世之政不可得而行不封建則仕者無爵位子孫之謀宗廟典籍之安驟來倏去則善者無以究其心惡者有以容其苟四海之大九州之遠雖以堯舜之仁不能固其心封疆之守保障之事驟來倏去者亦不可得而盡也故封建

者制度礼法之維道德仁義之盡古者帝王治体之
正經世之周者也周衰始漸廢壞至秦而盡廢漢有
天下功臣宗室猶分國土而其君臣皆無經理天下
之心井田不能行則封建自無制封建無制則制度
礼法自不能行無事則諸侯王連城數十地方千里
蕩無君臣上下之分一有疑隙則倡為叛亂以魚肉
其民雖賈誼主父偃各以為言主父偃推恩削弱之
策亦見從於武帝然終不足以治安久長者漢之諸
侯王皆一時之苟且非經世之制也井田封建礼法
制度之先也井田不能行而封建復無其制度雖一

日不可安也五音六律不盡用而其用者復不度無數而雜亂以陳之而歆其樂之和天地神人之應不可得也有天下之慮者亦當有以鑒乎此矣○或曰三代之盛封建井田之所致也周室平桓以後諸侯漸大王室號令漸不能行陵夷至於七國而王室之微不敵一小諸侯井田封建之末得無弊乎曰此周末之事也夏商二代無有也二者之壞總在於五帝三王二千年之末非獨壞於周之末也行之可使二千年無大亂是亦足為善道矣而况周亦用之以享國八九百年乎二者之行其為善也决矣有天下者

諗之

洵惟此先生經世之志愛民之仁特以自其事而已要之太古之世其風朴其民希其與畫監故井田只行扵江北平衍之地如禹貢楊州厥田下下今則財賦盛扵東南其地則林麓匪夷丘陵有間田如何作井只限田可也

答謝子祥無極太極書

承下問仰見用心之勤扵先儒明理之書必求洞徹淺陋何足承厚意然平生扵此亦嘗致思恍惚之中屢有所契而不知手舞足蹈者大略天下之物其形体性情位分度數凡如此如彼者皆是道理當然所以千古萬古無一毫变易蓋理至此止不可得而易

也極者至也止也止此謂之極無以加謂之太極不過道理之總名耳物有去来生死而此道理常在天地間耿耿人心目中所以聖人提出濂溪畫出其所提出畫出只是一箇所以為物者而已思之而見察之而得然無形迹聲臭可以耳目聞覩故謂之無極無極太極只是一箇非有二也有物必有則有形必有性則各有所至性各有所極物與形出於氣而則與性即太極之各具於物者與物未嘗相離然必別提出狀之於物上者物有去来生死其則其性乃道理之全体無時而不在也故須別作一處盖欲使之

見其則之必如是知其性之常如此故文公云非有
以離乎陰陽即陰陽而指其本体不雜乎陰陽而言
之蓋形氣與理為一然形氣須作形氣說道理須作
道理說既須各說則須盡箇有形有氣者在下無聲
無臭者在上形氣是所為者道理是所以為者便自
分大小尊卑一上一下皆自然之理也非獨如此道
理本自做一處如前所言但可以心見而不可以耳
目見耳徃年嘗以管見為太極說一篇其中有云物
皆理之所為則物固小而理自大物自沉而理自浮
物自後而理自先當時為此亦不曾念到濂溪圖及

孫伯御先生以為物與理不相離豈可言浮沉始省得来指與人看一箇空圈在上一箇空圈在下如何不是浮沉因此反得自慰恨未及與孫言也承下問勤渠却更須詳看周子本文最上圈是太極不可以耳目聞見故曰無極而太極意謂太極不可以形氣言也蓋雖無而實有也緣後之儒者將太極作一塊渾沌之氣故立此二字以示人使知其為理而非氣其辭則張南軒所謂莫之為而為者最證得好文理當然不可增減下問所謂太極本無極似太極之上無所謂無極蓋上一圈即太極太極即是無極別作

一体不得第二圈半白半黑是陰陽二氣不可以太
極言但其圈之圓之大與上圈同則又足以見其不
相離之妙中一小圈謂太極只在陰陽中常生不死
常有不無謂自中央一箇分開作兩箇只是上頭一
大圈但取在其中常為主非又別有一箇小底故文
公云中〇者其本体也本体即上文本体小大不同
本非有異亦猶五行下一小圈見二五之合為一者
又是大弥六合小不滿一握之義盡出成此一箇亦
是妙處非有意之為也圖下二圈只是一体一太極
男女圈義深最當看男女非指人之男女謂天地之

生氣化之初合下只有兩端一陰一陽一牝一牡人之男女草木禽獸之雌雄牝牡皆在其中横渠所謂陰陽兩端立天地之大義亦此意也二体槩成則形感之生散而萬殊猶一男一女分為子孫支庶百代不知其極又含一意謂生物或有窮時而乾道坤道之生常不息只要天在地在則人物皆無憂此理又當意會難以語言詳也文公本体二字最好謂物與太極不相離而别提出畫出者以其所以生而言也本体者所以生之謂也程子不以示人不過如文公之言尊見之嫌只將無極太極合為一加詳周子本

文則自明矣區區如此精微至理髣髴而已必有瀾綻更望垂教

答上饒洊翁山書

巳亥秋附拜一書不意期年始徹左右寄書誠雖然非貧當不至此仲秋初覯友楊白圭在建陽平山遁至賜書千里三秋如奉拱璧湖山得師可為鉛士賀又可為王有後不墜先志賀陸學為戒之瀆但意令子姪論語言仁卷子氣象有似輙妄以為言今承垂教始知鯉庭之聞有自來矣象山兄弟之學非干涉剩歆豈當以為戒然吾輩謹思明辨工夫正在此普

讀書不多於象山平生未能洞其表裏姑據來示一二則其於思孟程朱之大義已有胡越參辰之擬謂朱似伊川陸似明道朱似伊川則有之矣陸似明道豈不以陸之持敬有類於終日危坐如泥塑人者耶又豈不以明道未嘗著書而陸鄙薄傳註似之耶抑謂陸亦元氣之會有龍德正中氣象耶明道不壽不及有書伊川得年以有易傳若如陸説則易傳為虛作而大小程異趣矣詩書易礼四書微周程朱學者至今猶夜行耳據當時則朱之訓詁為可笑由今觀之則朱之四書詩書礼易是耶非耶可有耶不可有

邪漢儒性命之學微正坐不識性命故耳不以傳註
臧也五經傳註豈可無但視其是與非足矣豈宜一
切屏之若高洋斬亂絲不問其是非曲直但與之一
劍哉六經註我莊生之流傲忽之辭六經註我而我
於六經之義乃猶有所未明何哉未辨太極面目而
遽斥無極之非未詳於易而遽目易爲註我此所謂
傲忽者也先立其大則必畧其小而迷於下學上達
之途矣且有小德出入之弊近日有磨砺大節至其
平居則放言縱歡致犯清議者此說開之也大槩陸
學多犯朱書明辨是非爲論語註中所謂力行而不

學文則無以考聖賢之成法識事理之當然而所行
或出於私意又曰子夏之言其意善矣然其流之弊
將或至於廢學不若上章夫子之言然後為無弊也
又曰不切則磋無所施不琢則磨無所措故學者雖
不可安於小成而不求造道之極致又不可鶩於虛
遠而不察切己之實病也中庸註中所謂賢者行之
過以道為不足知此道之所以不明也大學或問中
所謂不知衆理之妙而無以窮之則褊狹固滯而無
以盡此心之全又曰藏形匿景別為一種幽深恍惚
艱難阻絕之論務使學者莽然措其心於文字言語

之外而曰道必如此而後可以得之又曰先其大者不若先其近者之切也又曰今日格一物明日格一物凡此無非程子之言者諸家所記程子之言此類不一不容皆誤不知何所病而疑之豈其習於持敬之約而厭觀理之煩耶孟子註中所謂告子之不動心殆亦冥然無覺悍然不顧而已爾凡此者陸學氣象多相似若所謂書冊埋頭無了日不如抛却去尋春與所謂發憤求刊落奇功收一原之類因辭章之末勢然亦豈非予欲無言之意耶去鍊形覓生羽翼蓋詩人不能奮飛之意耳此晦翁文章萬分之一不

可膠柱而調瑟也承教不覺覼縷亦望深思而靜察之追王妄論忝首肯劇以為感第謂行之惟艱則古人議論皆然矣夏時殷輅不過理當如此耳豈敢必當時之行哉渡江之議似非春秋之法然使幽王尚在有可歸之道乎王遽據其位且復歛兵殺將以絕其歸路則以乾侯之例夫子當何如書更望以此思之他日垂教連四大之說普此數年無暇及此大畧記得不過於二曜行遲速上用功耳前宋已精而猶畧今則志在盡之而不使有一毫之欺蓋當於夜半子上加功若交中正當初四刻末則其日已為朔而

上月小若當正初刻頭則其日尚為晦而其月大此所以有連四大不過毫釐之間遂有兩月晦朔之異至他日減却一小又自平勻無過如歲差法當年皆十六七箇月退一刻今年於一二月間連退二刻此似若無頓放而為是不得已者然亦其用心之苦必須若是乃為當皆非秦漢以來曆家所及也先正哀辭向亦嘗草就一二句亦有同志者匆匆歸遂不克訖相見有日不朽之德當不計遲速也九峯閫法委嘗有一妄論稍長雖寫他日附上湖山明年尚借寇普雖或不在建而知友多在平山附書與下教不患

不達勿軒日来與稍隔遠亦當以尊旨附平山友以
達之趙此心普最親舊去年得其書未能答或相會
乞道其急中不及作書之意普年来為家貧往往有
所縶不然大安嶺僅咫尺所耳然區區求教之心無
一日不在君子之側也

雜著

十二管筭法

三分損益隔八相生五下六上黄鍾林鍾太簇
三管無餘分易筭南吕以往但自太簇管起每
管寸分皆一為三則得之

黄鍾九寸三分損一下生林鍾六寸
九寸析而三為三寸者三去一為六寸
林鍾六寸三分益一上生太簇八寸
六寸析而三為二寸者三益一為八寸
太簇八寸三分損一下生南呂五寸三分寸之一
八寸六寸析而三為二寸者三二寸三二寸六
六三析之各二分置各二寸下為二寸餘三分寸
之二者三去一合四寸四四為一寸餘一合五寸
餘一故南呂之數得五寸餘三分寸之一
南呂五寸三分寸之一三分益一上生姑洗七寸九

分寸之一
五寸三分寸之一三寸析而三為寸者三二寸寸九二寸十八餘一為三合二十一析二十一而三各七分置各寸下為一寸餘九分寸之七者三益一合四寸餘二十八二十八為三寸餘一合七寸餘一故姑洗之數得七寸餘九分寸之一（此三箇三）
姑洗七寸九分寸之一三分損一下生應鍾四寸二十七分寸之二十
七寸九分寸之一六寸析而三為二寸者三餘寸寸二十七餘一為三合三十析三十而三各十分

置各二寸下為二一寸餘二十七分寸之十者三去
一合四寸餘二十七分寸之二十故應鍾之數得
四寸餘二十七分寸之二十此三箇九此三乃二十七之三非九之三
應鍾四寸二十七分寸之二十三分益一上生蕤賓
六寸八十一分寸之二十六
四寸二十七分寸之二十三寸析而三為寸者三
餘寸寸八十一餘二十一為六十合百四十一析百
四十一而三各四十七分置各寸下為一寸餘八
十一分寸之四十七者三益一合四寸餘百八十
八百八十八為二寸餘二十六合四寸為六寸餘

二十六故㽔賓之數得六寸餘八十一分寸之二

十六此三箇二十七

㽔賓六寸八十一分寸之二十六三分益一上生大

呂八寸二百四十三分寸之一百四

六寸八十一分寸之二十六寸析而三為二寸

者三餘八十一分寸之二十六寸二百四十三二

十六為七十八析七十八而三各二十六分置各

二寸下為二寸餘二百四十三分寸之二十六者

三益一合八寸餘百四故大呂之數得八寸餘二

百四十三分寸之一百四此三箇八十一此二十六乃二百四十三之二

十六非八十一之二十六
大呂八寸二百四十三分寸之一百四三分損一下
生夷則五寸七百二十九分寸之四百五十一
八寸二百四十三分寸之一百四六寸析而三為
二寸者三二寸七百二十九二寸一千四百五
十八一百四為三百一十二合一千七百七十析
一千七百七十而三各五百九十分置各二寸下
為二寸餘七百二十九分寸之五百九十者三去
一為四寸餘一千一百八十一千一百八十為一
寸餘四百五十一合五十寸餘七百二十九分寸之

四百五十一故夷則之數得五寸餘七百二十九分寸之四百五十一此三箇一百四十三夷則五寸七百二十九分寸之四百五十一三分益一上生夾鍾七寸二千一百八十七分寸之一千七十五

五寸七百二十九分寸之四百五十一三寸析而三為寸者三二寸寸二千一百八十七二寸四千三百七十四餘四百五十一為一千三百五十三合五千七百二十七析五千七百二十七而三各一千九百九分置各寸下為一寸餘二千一百八

十七分寸之一千九百九者三益一為四寸餘七
千六百三十六七千六百三十六為三寸餘一千
七十五合七寸餘二千一百八十七分寸之一千
七十五故夾鍾之數得七寸餘二千一百八十七
分寸之一千七十五
夾鍾七寸二千一百八十七分寸之一千七十五三
分損一下生無射四寸六千五百六十一分寸之六
千五百二十四
七寸二千一百八十七分寸之一千七十五六寸
析而三為二寸者三餘寸寸六寸五百六十一餘

一千七十五為三千二百二十五合九千七百八十六析九千七百八十六而三各三千二百六十二分置各二寸下為二寸餘六千五百六十一分寸之三千二百六十二者三損一合四寸餘六千五百二十四故無射之數得四寸餘六千五百六十一分寸之六千五百二十四此三箇二千一百八十七

無射四寸六千五百六十一分寸之六千五百二十四三分益一上生中呂六寸一萬九千六百八十三分寸之一萬二千九百七十四

四寸六千五百六十一分寸之六千五百二十四

三寸析而三為寸者三餘寸寸一萬九千六百八十三餘六千五百二十四為一萬九千五百七十二合三萬九千二百五十五析三萬九千二百五十五而三各一萬三千八十五分置各寸下為一寸餘一萬九千六百八十三分寸之一萬三千八十五者三益一合四寸餘五萬二千三百四十五萬二千三百四十為二寸餘一萬二千九百七十四合六寸餘一萬九千六百八十三分寸之一萬二千九百七十四故中呂之数得六寸餘一萬九千六百八十三分寸之一萬二千九百七十四此三

簡六千五百六十一

中呂六寸一萬九千六百八十三分寸之一萬二千
九百七十四滿十二管無所生
六寸一萬九千六百八十三分寸之一萬二千九
百七十四六寸析而三為二寸者三餘一萬九千
六百八十三分寸之一萬二千九百七十四寸五
萬九千四十九餘一萬二千九百七十四為三萬
八千九百二十二析三萬八千九百二十二而三
各一萬二千九百七十四分置各二寸下為二寸
餘五萬九千四十九分寸之一萬九千六百八十

三者三盍一合八寸餘五萬一千八百九十六於五萬九千四十九為欠七千一百五十三不得成一寸合八寸為九先儒以為中呂復上生黃鍾過矣律呂之數毫忽不可欠餘不得成九寸其得生黃鍾乎此三箇一萬九千六百八十三此是五萬九千四十九之一萬二千九百七十四非一萬九千六百八十三之一萬二千九百七十四

侯道

侯道五十弓弓二寸為侯中謂五十箇二寸也五十箇二寸為一丈侯中之方也中方一丈則用布五幅各一丈也幅二尺二寸二寸為縫故五幅一丈也躬

倍中則上下躬各二丈為四丈上箇左右舌倍躬亦四丈下舌半上舌則三丈合為十六丈也此鄉侯也七十弓中皆取方則方一丈四尺用布七幅各一丈四尺合九丈八尺躬倍中則上下躬各二丈八尺合五丈六尺上箇左右舌倍躬亦五丈六尺下舌半上舌則四丈二尺合為二十五丈二尺也九十弓中皆取方則方一丈八尺用布九幅各一丈八尺合十六丈二尺倍躬中則上下躬各三丈六尺合七丈二尺上箇左右舌倍躬亦七丈二尺下舌半上舌則五丈四尺合為三十六丈也

鄉射有房

鄉射序無室而籩豆出自東房則是無室有房而賓席與立酒之尊北去牖下亦以房深也然序之物當棟則又不可有東房然則出自東房之房當在堂北牖東後有户出於堂也

賓主脚卻右

賓主人俎皆右体則脚之卻亦右一半也

周朱無極太極

極者道之至也太者最先最大而無以加之之謂孔子以後周子以前儒者往往目之為有故周子立無

極二字以見其有為無迹之妙無極極字即太極之極不過加一無字但言無則無以為文故須著一極字盖文理當然意謂太極者本無形之可見無聲之可聞而實有一真体足以思惟体認盖悟迷解惑教人深思猛省之辭非謂太極之上復有一無極也太極未嘗離陰陽五行然本為道體陰陽五行天地萬物皆其所為自然便見有先後上下物有往来出入而道常為之主無間斷時故周子之圖以置陰陽之上而晦翁以為非有以離乎陰陽也即陰陽而指其本体不離乎陰陽者而為言耳此三句尤為精密木

体者陰陽之本体也其指陰陽其本体者猶曰本来如此云爾陰陽未生未形而其形狀体段本已如此惟寓於無聲無形之中而不可以耳目求耳此即所謂無極而太極也即就也就既生之後之所見而指其本来如此者不雜乎所見者為言也言猶名也辭也為言者立太極之名與無極之辭也立名與辭不過以明陰陽之理之前定同然爾充足以見太極之為無而陰陽之即道也此晦翁累日積月潛心凝神喫緊着筆之辭李者思而得之則其他自如破竹可以迎刃而解矣乾道成男坤道成女一圈周子精意

所在晦翁獨未及言二氣五行五行萬物五行之下
止用萬物化生一圈足矣必著氣化一圈蓋周子用
意在兩道字所以明太極之為道物生有息而道無
息但得道在不患生生之無本也一以明太極之為
道二以著物生之常有本周子以來諸老皆未及此
學者試思之

西銘大意

西銘一篇文公所論大旨悉已得之而愚猶以為首
二句理一之中便寓分殊不待思想討尋而後見也
乾父坤母尊卑之分粲然矣乾父坤母而人物為子

民為同胞而物為黨與大君宗子家相長長高年所尊而孤弱所慈聖合德賢其秀而疲癃殘疾惸獨鰥寡皆在顛連無告之列此其大小上下親疎貴賤先後緩急愛敬之施各有攸當一毫易位踰節則所謂痿痺不仁者矣聖賢所當尊也癃疾所當恤也悖德害仁濟惡則堯舜之所不容也知化則善述其事萬象森然各一形体也窮神則善繼其志百志惟熙各一塗轍也理一而分則殊分殊而理本一觀此二句尤足以見之矣篇中至精至要之語則此二句與篇首天地之塞吾其体天地之帥吾其性篇末不弛勞

十五　三百六十六

而底豫舜其功也無所逃而待烹申生其恭也此六句最為切要精至讀者宜詳玩而深察也

朱蔡皇極

文公皇極辨與蔡氏説尚有可言文公所謂居天下之至中必有天下之絶德而後可以立至極之標準絶德二字疑未安絶字去至極字固不多然終有超絶離絶使人不可幾及之意所謂語其仁則極天下之仁而天下之為仁者莫能加語其孝則極天下之孝而天下之為孝者莫能尚此語亦似味少不若盡仁孝之至極使天下之為仁孝者皆於是而取則而

不敢有過不及之為平也歛時五福用敷錫厥庶民
文公說似平易於蔡然蔡說錫汝保極似又平易於
文公以蔡所謂君民相與論之則自歛時至保極蔡
說為全而康而色曰予攸好德汝則錫之福文公之
說發明分明然以康字詳之則與皐陶謨惟幾惟康
之康相類蓋其心之安也而康而色曰予攸好德是
察其貌言而見其無僞之辭故蔡說似將有受欺之
病而不失為中道第所謂見於外而有安和之色發
於中而有好德之言以一句分為二又緩却康字不
若一康字為主總所言二者而屬之則無病也夫在

上者以其下之藐言皆不可信亦所謂偏也故箕子之意但欵以其藐言而察其心故不失於弘厚亦不至於受欺如夫子不逆詐不億不信而未嘗不先覺者此亦聖賢之中道也詳此二句文意上句至色字勢未絶入下句始盡箕子之意正似以一康字為二者之主細讀之可見前後兩錫之福文公説似稍迂蔡説為切蔡以無虐煢獨而畏高明自為一節結上起下又不若文公以不虐煢獨至邦其昌為一節為通徹也羞字義不獨是進猶有薦陳之意蓋卑下道其行昜晦而不章使之得以鋪陳自見而上下皆知

之則邦其昌矣文公蔡說進字下更着一二字可也鋪陳亦非必至前敷露但使之見於設施而不至於汩沒若所謂效忠效節效力足矣效者獻陳之謂效馬效羊效犬是也陳力之陳亦此義君子之道常患不得以自見得自見則盡其所懷以白於上下利祿得失則心不在焉者也雖字當如文公說蓋有姑予之待其悔悟而保全之之意然無好德則其心不善而根本奪矣故雖欲保全之而不可得如此等人無事則其過或不形苟有動則必不善而君用之受其咎矣在位者為不善天下未有不咎其君者也世俗

所謂上皆善政惟奉行者不善皆不明之論奉行之
人君之所署也害及民物則皆君之責矣不可辭也
皇極者君道故曰汝用咎也文公蔡於此句恐皆未
當無偏無陂以下亦承上文好惡取舍而遂言皇極
大公至正之道王猶王霸之王王之道謂古今帝王
王天下之道王之義謂古今帝王王天下之義蓋君
天下之當然歷世聖人之所守所行而不敢容一毫
之私者也遵者循而行也會者千條萬緒四方八面
所趍所入皆向于極也歸其有極猶大學章句所謂
得其所止會其有極歸其有極猶主善為師協于克

一也皆君道當然而武王不可以不然也文公止以爲天下之人皆不徇私已以從乎上之化而蔡又專以爲詩體使人吟咏而得其性情自然會極歸極不知其所以然則皆以下化上爲言不惟上下章文理不通而皇之所以爲極亦未盡夫偏陂作好作惡最爲在上者之大患故大學以脩身爲齊家治國平天下之本而脩身章專以辟之一字爲戒平天下章又曰有國者不可以不慎辟則爲天下僇矣又曰好人之所惡惡人之所好是謂拂人之性菑必逮乎身此章無偏無陂無有作好無有作惡無偏無黨無反無

側正與大學同意乃皇之所以為極者借曰下如此則上之如此可知然未言其本而獨言其効亦非文理當然不若上能如此而下之準則薰化自在其中之為順也此言君之道也繼以皇極之敷言則以言語教令言之君事惟此二者而已君之言語教令一本乎天理亦惟心無偏陂反側而後能故次王道之後而民於其言是訓是行亦惟從其心耳然則所令反其所好而民豈惟其言之是行哉章末二句又以曰字起之可見箕子丁寧收結之意父母熏愛敬生成而言王即王道之王與皇極之皇以為天下王者

以此而為天下王也不然則虛其位矣文公蔡說似亦未盡箕子當時意脉

石堂先生遺集卷之十二

石堂先生遺集卷之十三

宋寧德　陳普　尚德

序

儀禮圖序

大淵獻之歲昭武謝子祥刊儀禮本經十七篇及信齋楊氏圖成燁然孔壁淹中之出世也使此書得數千本落六合間鳳鳥至有期矣使河間獻王後劉歆前有能為子祥所為則三十九篇可以至今不亡矣嗚呼此人之所以成位乎兩間者何獨㠯於虞夏商周而深愛於秦漢以来十七篇賴高堂生鄭注賈疏

千有餘年緜緜如縷而荆舒王氏加踐跡之舉子不習書肆不陳晦翁勉齋信齋師弟子扶持力倍於高堂鄭賈心與周孔顔孟同其勞亦僅不墜而已萬家乃不見一本殘經白鹿章貢桂林所刊晦翁勉齋信齋之書千里求之或者有半生望之不得見今後復數十年又當若何子祥之舉捄焚拯溺之功景星慶雲之瑞也是經維繫士冠昏喪祭鄉相見大夫祭幸皆忘恙天子諸侯亦幸存一二故晦翁通解勉齋喪礼信齋祭礼得以為依據如累九層之臺以下為基如不見足而為屨之不中者如執柯以伐柯柯在彼

而則在手也三十九篇駸駸乎不亡矣然則十七篇之存固亦有天意發之者有餘罪與之者誠莫大之功也三百之數不可考以圖槩之三十九篇疑可得三千在三百中亦可舉其旁通圖名物制度尤明盡合十七篇圖而繹之既無昌黎難讀之患而古人太平之具一朝而在我矣

大學要畧序

心者際天極地而一者也易六十四卦奧賾言心者二坎之行有尚中孚之吾與爾靡奧繫言心者也八卦坎中實心之象也心者帝降之衷也帝至公無私

至一無二所降之衷天地間無不得故行必有尚尚合也行必有合無在不在故也孔子所以浮于海也中孚誠心也無間扵天地人物者也全体中虛二体中實皆無間無雜之誠心也故為好爵好爵之靡係而不能釋也吾與爾靡彼此人已親踈遠近交係之不能釋而莫知其所以然也是皆天命之不能已孟子所謂道性善也吾聞自有天地以来為草木篁竹之地至唐始有書聲書聲三百年而文公朱子生焉道統在焉心之無在不在也許平仲覃懷人也相後不百年而相去數千里一旦扵吾朱子之書忻喜閱

躍如獲連城上以廣一人堯舜之心下以起同類曾閔之行而復能真體實踐藹然於立身處家進退行藏之際六合旣一北方人物之美趣尚之正不絕於南来者之口而四書之檐發於武夷之下踰江淮黄河越行華出居庸鴈門玉門以極於日月之所照霜露之所隊是固平仲之功亦無非帝降之使然也當時朱子燈火之前夜半不寐推床之際豈知身後之契在於太行之東與其書之彌滿天地哉大要降衷秉彝無間於混然中處之類但須勤行敬守則不患於無相知者明道先生子程子曰但得道在不繫今

與後已與人吾於朱文公許魯齋亦云重光大淵獻
重九日三山陳普序

孟子纂要序

孟子七篇之書其大原大本皆從性善流出臨機應物縱橫出沒雖千變萬化而脉絡貫通條理分明曾不離乎一本之妙戰國之時人欲橫流異端交亂壞人心術孟子揭性善二字所以開人心之蔽塞邪說之原其有功於聖門者不細矣其言仁義禮知則曰心之固有非由外鑠惻隱羞惡辭讓是非之情則以為五性之端孩提親愛則指其良知之發乍見孺子

入井則明其本然之善窮理則曰盡心知性脩身則
曰存心養性養心則曰寡欲學問則曰求放心不動
心則曰持志養氣天道人道則曰誠者思誠牛山之
木山徑之蹊夜氣之存斧斤之伐皆極言存心養性
工夫陳王道則以仁義事君則曰格非心行王政則
推其不忍之心保赤子則曰擧斯加彼論王霸則以
用心之誠僞言桀紂則以其失民心堯舜則曰不失
其性湯武則曰善反諸身喪親則曰自盡兼愛則言
一本不為枉尺直尋不肯背馳詭遇安於義命不慕
乎人爵之榮富貴利祿則曰所性不存困窮拂鬱則

曰動心忍性知幾能權見道不惑長短輕重權度不差用心措處隨事制宜其本原統會皆自性善中来七篇上下若萬語千言不出乎一心之妙用蓋其學本子思子思出於曾子曾子親承一貫之旨而學專於内故傳之無弊性善之旨又自明德脩道中来故其為言多與中庸大學相表裏所以繼往聖開来學正人心破邪說其功德被於無窮教化行乎萬世學者有見於此而後知其性善之本仁義禮知不從外得一心之中萬理咸備雖堯舜人皆可為庶有以發憤自強不徒自暴自棄云耳然微程朱發明奥旨則

亦孰知斯人之為功而識乎性之本善也乎於習讀之暇姑攝一二要旨以為蒙訓庶幾思索而有得其意云咸淳丙寅秋序

太極辯序

太極者道之全體也其分体則為理一物一太極是也分則全者析矣何為復得全体之名太極物則也一物一太極萬物一太極一當然之則而已一物一萬古常如此萬物一萬古只許多其尤可觀者並行而不相悖並育而不相害一原同出氣味性情同一父母所謂一貫者雖以一本行萬殊然於萬殊得一

蟣足以盡群動得一葉足以盡萬枝得一撮者足以盡三百三千則者當然之度數也得一當然則百萬千萬萬萬不過各一當然而已物有去來此一當然當為之主以心觀之皎如日月茸若五穀以耳目求之漠然其無有也故曰易有太極易有云者以心之所見示人也周子加二字即此而陸子靜輩不察至今不已辛亥秋九過天碧范侍郎於考亭辱示所得與浮梁吳昌溪往復言語多於鵝湖而易有物則四字足以擾其樞而窮其涯寂寞之濱抱此久矣一旦有契其幸如之數日前曾以坎之心亨與中孚之吾

與爾靡論許仲平爭今日又有此奇遇四海之內何門之不可叩何地之不可行哉

十先生像序

大德壬寅真定白亨甫佐縣寧德出其先君子寓齋先生詩洸鬱葱蒨貫穿該洽海內以詞鳴者百年來鮮儷也夏五被府檄古田得六君子及龜山了翁文公南軒像於縣學欲以寄其鄉之學者曰北方讀文公書及六君子贊久矣以快其目可乎子為我言其人嗟夫此天地之不能忘者不在魁梧颯爽之列也正襟危坐為君言之物之不能不生者理也理不息

則旋然而秀於希闊之年烱然而見於寂寥之處者天地之不能忘也若水之黿鼉蛟龍山之熊羆虎豹草木之芷蘭若蕙松栢豫章百穀之黍稷稻粱與夫治世之麒麟鳳凰上而至於人類之堯舜孔顔曾孟苟在理之所當有則不以貴賤大小皆有居然而生者况形化無窮乎孟子後千餘年斯道之統若去而不来寐而遂無吪矣一旦在於九疑同時二鳳雛相去数千里片言曰惟裁長幼之不同是非所謂天地之心乎司馬公兒年足徵邵堯夫舉世莫知其道而與二程如蘭且復同巷中州变故生類幾盡一線綿

綿南来將樂豫章延平以至考亭繇是堯舜孔孟之
道自治平熈豐裁百有餘年遂明於天下是理也在
吾徒為慶幸在造化亦循寒暑晝夜有長短遲速而
無生滅有無但得道在不繫今與後已與人當時固
言之矣寓齋生長今隩隩古林胡樓煩之地宋所築
火山軍以扞西寇者彼民之於詩書何啻越人之於
章甫寓齋兄弟崛起其地雙為此州名進士此亦天
地間之不能泯者古今只有此人物人物同此理堯
舜孔孟之所至吾亦能至之吾不能四海之人必有
能至之今世之人不能至後世之人亦能至之無他

形之同則心不容獨異不過開塞有久近爾斯十人者儒矣見之者不必若齊王之覸孟子服堯之服行堯之行是堯而已矣九尺之長六尺之短東夷之人西夷之人皆不必論也像必南面不者了翁未必在列然了翁鄭西墉方奮乎吾閩者但責沈片文與善豫章天下無不是底父母數語在十人中亦若司焉公在六人之中也豫章延平不與豈兩家子弟失其傳乎亭甫官未去閩當并訪之

謝叠山文集序

天地間正氣千古萬古不滅而間以英氣發之治世

三綱正九疇叙民生於礼義如魚在水草木在雨露中及其衰下則理為欲充義為利塞五教四維散亡蕪滅莫知其鄉使有耳目者無所加有手足者無所措當是時乾父坤母惻然於斯類之將盡也則以英氣發之其大勢之趨有不可捄而其固執死守之節挺然於狂瀾烈焰之中足以繩既往而開方來若三仁之於殷萇弘之於周朱雲劉輔李膺范滂孔融輩之於漢二顏張許之於唐是謂天地生生不息之易與治世為日用而利澤周四海者其功未始不同也不然亦無以至今矣百年來南俗大壞於時文之纖

鄙紀綱樞紐之地以嬰孩居之其於立人立國之當然無或以為念者亦有一二醉夢稍醒知有是非而薄以為言亦不能充而盡之疊山謝公幼少有天下慮入仕途不為富貴謀動與有位者忤雖困之下僚加之非罪放逐播遷終不悔平居暇日深思遠慮撫江河入風雲隨飛翼而形之紙筆者槩其憂人憂國之心詞場大筆傷時抵諱同列掩耳而獨以身任之其他一句一章一詠一揮大率在此三十年一剛不撓一日繼之以死以誠之實之是固其良心至性獨無蔽奪亦天地實使之立於中流以不隊萬古之天

常使有耳目手足者終有所加所措也斯人頼之乾父坤母亦得以慰安焉梧集刋行豈惟嗣子定之門生劉棠之當然哉其有裨於世教不小矣民之興起在心而先得之耳目是集也易之山下有風之卦所謂振民者也

送胡生序

夫才如陽氣德如含弘厚地天地間萬物皆一陽氣之所為也動者植者剛者柔者青者赤者白者黑者辛者鹹者苦者甘者羽而飛者毛而走者介而行者鱗而遊者或小或大或高或下足以為宮室充器用

足以供衣服食飲備礼樂軍旅其餘支本末肌膚筋骨齒革蹄角一一精妙善利毫髮絲忽靡有不到皆一陽氣之所為也鼓之以雷霆潤之以風雨長之以春夏成之以秋冬作之以晝而息之以夜使之各得其性分者一皆陽氣之所為也是有天地之妙用是為造化之利器靜無而動有靜在耿縣而動彌六合夫豈無故而偶然哉靜以為之宅厚以致其養使其本深而用利者地之功也其動靜出入皆不離於地故其休安而性成氣充而力足時而出之行天衢歷百物而無不至無不成如龍蛇虎豹之可畏而復如

麒麟鳳凰之可愛可親者有得於地之宅之養之之
故也德之才亦然天下爭無才不成而所以成在德
才者應接割裁而德者致其中和者也才動而德靜
才無方而德專一以德用才則動而常不離於靜酬
酢無方而一理常行乎其中其動必有成為必有功
其勇桓桓而常不失其知與仁者以德為之地也南
豐胡先生梅臞之子于丁未歲同館於建寧丘叔文
氏風骨殊精爽詩文如湧泉書札如龍鳳氣宇如山
岳古所謂髦士也年未三十有如得志於天下事當
必得先乎蒲節歸侍謂予不可無回路之贈也予惟

士之血氣方剛貴乎養也才為天下用非止於文辭也濂溪先生曰用而和曰德司馬公曰正直中和之謂德皆主靜致柔之事也主靜非一於靜也所以善其動也致柔非一於柔也所以善其剛也才如暘氣德如厚地舍經學無以成德而妙用也麗澤之義諒無以先此矣

送耕雲謝道判序

道術方技隨世逐人之所業亦各有其至業其業者必至其至而後可以擅其名如夔之樂百獸率舞垂之弓三代寶之皆至其至者也故儒者之學必至於

堯舜道家釋子之學亦必至於老子瞿曇下此如神
仙久視長生之訣役使鬼物之方雖出範圍軼中庸
然其學之久攻之深而不能造陳圖南左元放之地
是皆未得為至其至也老氏之道清靜無為而已後
學因其可以全真求年而合之長生不死之學又緣
脩煉有竊其蚪撼其戶者而合之驅奸使物之方今
道德經七八十篇烏有是事然誠使其服食之功至
於白日羽翰飛走之妙至於取薑噀雨則雖以予之
嘐嘐亦且為之執御而何暇以聖人之所不語責之
以非老氏疑之大畧今士之深於時者出方外以用

其聰明才雋是亦不虛天地之所予方內之士雖死守孔顏亦當惜其才原其情識其作用有以異於漢時海上燕齊之士則亦豈可以蓬蒿羽翼視之耕雲謝道判深於時者老其衣冠名目而儒其行幾於承天時行者矣內存祖考而外似東方朔凡今之道家之所為悉為之不作此其才誠難得而惜其情有可推也亦至其至而已昔唐太史公傳奕陰陽方技無所不曉而輒不肯用時可不用也今其時矣羚羊角之事學之博也不足為異惟能使呪僧之術還著於已之為妙耳耕雲之所操以此為的可也昨之汀余

嘗序送之亦察其能進於是也今其暫歸信有如昌
蒙之見陸遜者復以是勉之

贈鄭潛明序

天下之所尚耳目所習心所注倉卒未能以復古者食之椅卓匕箸葬埋之風水形勢求得如季武子成寢而容杜氏之葬於西階之下者雖賢人君子亦難遽以是望之也十干十二辰列於天流布于地人居其間隨大小所值所居擇吉凶取舍向背之旣未得如穴處巢居不封不樹之世雖好古之深亦不得不從俗也土有黃赤青白而黃為中瘠鹵埴腴而腴為

美山之輿水有開散圍繞向如張弓而背如弛抱如
相愛戀棄如各離畔抱氣聚而燠棄氣散而涼若龍
奔虎蹲鹿走龜伏以勢成氣韓昌黎南山詩所列是
亦人情之所就避畏愛安親慰幼之心吾得而禁止
者獨且柰何哉此為郭景純之學者所以徃徃遇合
也古田鄭潛明壯年治此學行四方不擇貧富貴賤
為盡心信而用之者不可枚舉矣一日過我因書平
生上下古今風氣習尚之可從者以贈之仍有一說
洪範曰子孫其逢吉逢者際會之謂乎素所佩服屢
以告世人者祖宗有積德則其子孫事事皆際會於

吉葬地之吉凶善惡有矣抑世俗見者所云吉人吉穴者盖至言也苟祖考之積與自已之所操習未善則其逢遭際會雖郭景純亦將無如之何矣潛明之術善矣四方所遇尤當以此告之

送鄭生序

文獻凋少壯移耳目或千里無弦誦聲余竊懼焉乙未秋九浦城鄭君舜舉相遇於衢年二十二惠教大篇詞采燁然良慰寂寞抑有私請士不讀書則已讀則必讀經世之書不為文則已為則必為經世之文詞非壯士所尚建安江左唐宋聲皆君子所不道也

自李斯司馬相如班固蔡邕曹植陸機兄弟謝靈運沈約徐陵庾信以来其見於世者皆可考矣李白豪今古而負潯陽之累東坡宋三百年第一至輕侮殃矩禮法之士視伊川如仇敵他盖可知繁花亂草充塞仁義光若今世盡力唐宋棄經史於溝壑不復過而問焉者哉周子曰彼以文辭而已者陋矣程子曰人有三不幸高才能詞章其一也鄭君建人也其為子朱子之學乎臨分片言亦回路之贈也

送張唐翁序

余年二十時客遊姑蘇始見當塗張本行成所註經

世書閲之三日而得其槩以謂康節可謂姦矣同時
明哲目為風塵偏霸手夫豈不然一元之中自堯至
五代至今慼促耿少若一粟在滄海中堯以前今以
後皆寥乎邈乎雖釋子百刼千輪廻不能周噫誠乎
妄乎第十一十二卷中多言與亡治亂皆人事所致
何必以開始寅閉終戌堯舜終巳末禹起午初在經
運之癸一百九十經世之酉二千二百七十八然則
興廢理亂皆天乎口道人事筆含天機不謂之姦得
乎南劒張君唐翁知余曾讀程邵書自武夷歷熊去
非劉體仁讀書所來一見便及經世又會王元善在

坐相與斷第一第二卷既共嘆三皇五帝三王不能
滿一會唐宋各不能盡一運五代皆不能了一世吾
與蚩蚩輩上壽僅滿三世自今大德二年盡閉物猶
有四會一百二十五運一千五百三世四萬五千八
十六年又共駭堯夫何以知自堯至今必在巳午間
然則脩不必吉而悖不必凶乎余曰命有之矣堯夫
天下皆信之矣以堯至今處巳午間如仲尼從佛肸
自有道理而吾不能知爾吾之所知則有之人者心
也心有知識有知識則有是非善惡是而善也雖盜
跖亦以為然非而惡也雖盜跖亦羞之惡之今歆付

理亂興癈吉凶禍福扵天則岩墻之下不必避乎喻東家墻亦為之乎何爭非命而吾之四端如鄰不肯況如日月之必出而不肯終扵没且柰何哉盡吾心而已矣皆曰是張君用經世之餘扵人之富貴生死貧賤壽夭物之得失去來亦曰是遂書之

鰲峯來仁課會題目序

學禮所以為仁也武夷熊去非攜有輔仁課會近復刱鰲峯以為之所丁酉來玆見其所謂會者不止扵文詞而已也晦翁黄楊三禮之書士無習者而去非獨能以此為先務而游息其間所以為仁孰要扵此

六經四書可講明者何限而仁者萬殊之總會禮者萬理之節文事事縮其節文則其統會處可以漸而融貫故禮明則無不明矣礼得則無不得矣道喪之後安石之餘宇宙内事此尤為急余謂去非今後題目仍宜撮三礼中切要及凡聖賢言礼處使四方朋友因而講明肄業其於世教關係豈輕易輔為求者鰲峯愚新抑又伐木首章之意也

禮綸序

闕學者便於其說據其君父兄弟如弁髦萬里禹迹幾無人類蓋自夷厲五伯以來至今天下豈無小康

之時耶為扁鵲徃徃計而止之至扵人倫盡廢喪紀
掃地若七國争王之日秦人坑焚之際東西兩漢知
力把持之末魏晋齊梁老佛之餘唐人室弟之妻父
之妾子之婦強藩孽豎恣睢憑陵之極宋王安石發
罷儀禮毀短春秋之後生人之禍皆蚩尤以来所未
見者盖自軒轅迄扵東遷其間雖有有扈有窮禁受
之悪丼野鳴條盂津之戰而未嘗有千里流血空國
無人百年荒草若夫七雄劉項之兵赤眉黃巾黃巢
武氏禄山五胡女真之毒則以億兆為草菅連數千
里朱殷數百年為狐兎之墟盖民不見禮樂不明扵

君臣父子兄弟之義無事則苟以和與有亂則起而
相食而復加以衆田不井國士無制有生之類無安
土之心而衣冠縉紳之士無椅桐梓漆爰伐琴瑟之
謀其末勢之所趨固宜然也桓桓晦翁崛起南夏首
發明四書以開人心次取周公殘經諸儒傳記脉尋
彙別畆濬川䟽志歆開来世之太平央千載之積否
天不慭遺未就而没勉齋黄氏信齋楊氏久在師門
熟聞講貫繼志喪祭二編天叙天秩經曲畧備而王
安石之烈未熄科舉之士至今百年無有以其書為
意者曲臺已隋古今鹿洞復就蕪没可為天地人物

嘆夫秉彝之天歷刼不滅而品裁萬物扶植三綱之具無一日不在我知書識字朱方断石湘山薛文不倦購訪而周公遺典尚存有緒又賴先覺開端發明忍復委之榛莽不問晋深山往簡不學寡聞年十五六讀曲禮少儀知愛之而淪於時俗科舉之習三十四十始脫時文而患難屢貧東奔西走頗聞熊去非自少用心禮學而貧賤武合并良雖丁酉歲受平山劉純父之招始見去非於山中書冊填坐屢空晏如覽記浩博會歎求輔於朋友備書冊闢室堂廣談論取晦翁黃楊之書闕以俟方來而未就也 闕於

仁者之所當辭讓哉顧予雖志求古而未嘗涉晦翁黄楊之藩為之柰何感慨之餘輙為一鼓用去非成規更為求要質鬼神告白知友共取十七篇注疏及晦翁所釐三十五卷勉齋信齋喪祭二禮及畐循去非熟路詳加考訂重為比類仍合三君子凡所經歷採摘經傳史籍開元開寶政和通典會要令律諸書上自天子下至庶人家鄉邦國朝廷當行之禮當用之器具列大經小紀遡源循流斟今酌古要之不悖於性命之理不失於先王周公之意不背夫子春秋之旨不孤晦翁拳拳經世之心使其行之足以位天

地育萬物躋盛治致所盛愈千載之陵遲定為天地一常經古今一通義得為者用之於身行之於家不得為者藏之以待用而後以其餘力凡有名數備度分事物若天文地理建國設官井田兵刑等事各加研覈務盡見其本末亦各草為一書以待賓興豈不愈於掇浮辭吟空詩作燕語敝其賦予之厚於其損無益之薄物絕學之繼廢其在此當仁則為無所辭避致思以起之不勸以終之如其有成當獲陰相亦不虛生世間矣

記

考亭記

考亭居縣之西南五里所韋齋之志也文公年六十有三築焉宋紹熙壬子也甲寅作竹林精舍釋菜夫子顏曾思孟祀周程張邵司馬溫公延平先生慶元庚申先生殁諸生就祠焉寶慶丙戌邑宰劉公克莊別為祠於精舍之後淳祐甲辰理宗用表章先生學筆賜考亭書院辛亥漕使史君季溫作夫子燕居今至元戊子府判官毋君逢辰葺其敝千載道統莫不知所敬矣然其柱石棟榱率不能加於精舍之儉未久輒不任漂搖大德己亥澧郭器之瑛尹建陽以尊

道尚德為為政之本涖事首謁祠下嘆曰兹非所以
肅德祀昭報隆也亟奉巳俸帥下命邑後學刘熙純
父治其事經始其秋畢工辛丑之冬去小以大代脆
以良新舊起列益寡完缺棟楹暢脩礎節端壽檐宇
肅深門廡敞弘墻壁齋廬堅華幽潔祠舊配勉齋先
生告成之日用武夷書院例升配西山蔡文節公從
以文簡刘公文忠真公登降成章出入中度瞻對不
怍英靈赫然十二月純父以書至山中曰郭侯之心
之盛頌記之以勸来者余復純父詞之陋不足齒若
千載事何純父曰晦翁亦人也何辭為余乃齋沐再

拜稽首而言曰易大傳首章之結語曰天下之理得而成位乎其中矣天地人本同一理而人不能無氣質物欲之累故其動靜語默於本同之理有得與不得而其不得者常愧其形虛其位不能與天地並列而况於理性一失血氣並與妄作邪辭驅騁搆架上蔽日月之光下汩百川之流中壅四時之行不有聰明睿知端本於上哲人幽士維持於下則人物雖頼天地以不熄而無得正其性命者堯舜禹湯文武伊尹周公之代人極建於九重人理得於閭閻當是時三極之道不閉位與名合不忝有生稟靈緜寡孤獨

無不得其職積善之子孫有守癸辛之壞亂不長庶
乎其成位者周衰聖王不作文武周公之澤寖微夫
子天高地厚仁不能及草木而禮樂數語之治乃盛
於三王萬世天心民極在焉者也七十子喪大義乖
衆妄起孟氏横中流為之障及孟子没道遂無所寄
千有餘年豈無才氣言詞雄長當一代而於堯舜孔
孟之道所以維持斯人者曾未覩其藩墻至如董生
河間獻王諸葛孔明河汾王氏昌黎韓子絶肖儒者
言動亦見經世大畧而於天命之一原各未有所得
於正人心立三極之統卒未能有所與也五行汨陳

而六府三事不治不以此歟造物閔然篤生周子發其源繼出兩程導其流至朱文公山立河行霆决雲涌振衣一隅玩心百王以盖代之豪雄得無内之精蘊明於人倫日用之常而察於當然必然之故融於道器合一之妙而研於格物窮理之奧晳於公私義利之辨而懋於人欲淨盡之境灼於近理亂真之僞而雄於距詖息邪之力潜於不舍晝夜之運而密於致中致和之功昭於天地生物之心而厚於雨露日夜之養其義感鬼神其用周庶物其中正開闢如周召作洛邑酌陰陽風雨審黎洛纏澗端祖社朝市其

踈達究悉如血脉周身占百會徹爪髮其小心不懈翼翼孝子溫溫恭人而其平常質實與田夫野人寳土物美水飲者無異用能探孔孟之淵廓周程之途出精彩於泥淤發光氣於百鍊補聖賢之未暇作民極於方來一辭不可損益一義不可空闕豈但非荀卿楊雄所能到哉今觀中庸十二章之微旨十六章之精義與首章致中和位天地之至學非賴朱子研精雖終天極地殆未有能發之者矣夫是之謂得天下之理歟誦其書足以舞百獸行其道足以來四夷倐夜漫漫百憯亂螢不可勝道海色動於瀛溪清風

發於河南朝光熙於考亭有虞成周之文治兹其兆
乎蓋得其本根則枝葉自茂得其會通則典礼乃行
此朱子之斈所以為天地立心為生民立命為徃聖
繼絶斈為萬世開太平而功方孔孟亦不在禹下也
今將議礼考文當以周程張朱序之顔曾思孟不宜
復與馬鄭王弼輩並居七十子之後也郭侯之為建
陽也謂正巳以格物闕上請未至既有以慰民心既
至終始如之其拳拳以闕事親孝敎子義五十斈益
不怠貌益讓蓋竹林弟子一人矣是役也名脩舊悉
改作惟精舍先生手誅茆欵以示後世不敢加其左

右四間因為四齋前二左曰明德右曰致中大亭中肅之綱領也為大學後二左曰象賢右曰養正為小學木大小千三百有奇瓦甓各三萬木土石工千有五百輿人役亦如之財朱椿劉純父黄樞各為其族及群士友先駿奔于役者邑人虞君偶令史劉遂也

大德壬寅正月寧德陳普謹記

進德齋記

建寧吴公溥乙巳歲作新居成室其西南以為讀書教子之所名曰進德其族之長廷俊先生於余為新相知也道余姓名而謂之曰夫夫也善於鋪陳者也

吾使為子言之對曰德未易進也而竊有志焉誠其言有以切磋我也又何敢不佩余曰士尚志也志於進德則可與共學可與並為仁矣余方有所蓄也歆與朋友道之久矣乃今日見此邂逅足以用吾千金之帚矣夫斈必有所守也而行必有所遵德可進也而其進也必有所以孰為所以乾文言之忠信是也天地以人為心人以心為心心也者伏於耿綿之中感而遂通直際天地而忠信者所以存其心也心常存則於進德也如作九層之臺可以必其成適千里之國可以必其至基址定而塗轍正也忠信二字聖

門以為主漢以來儒者皆不之知至宋程朱子始明程子曰發已自盡為忠循物無違為信朱子曰盡已之謂忠以實之謂信二者的的然心學莫大於此也然此四言通來天下亦未有深見實得而推明之吾請為子言之理散於萬事萬物而管於心散於事物者天之所賦管於心者亦天之所予也凡人倫日用之當然而不可以不然者如子孝父慈兄友弟恭君臣之義夫婦之別朋友之信九族之恩鄉黨之禮祭祀之誠賓主之敬以至一視一聽一言一動之微洗掃應對飲食居處之末凡有義理制度時位而不可

以損益移易者莫不受於天而管於吾心昭昭乎其
明也惕惕乎其動也見之於應接而不期也形之於
夢想而不思也苟有血氣識知無不竟其有是無不
見其當如是者蓋若日若月如蓍如龜無所逃於闕
夷秋惟盡而實之之爲闕為予之理當孝則循其理
而盡其孝父之理當慈則循其理而盡其慈知為兄
弟之理當友恭則循其理而盡其友恭知君臣之不
可以不義也則循而盡其義知夫婦之不可以無別
也則循而盡其別至於宗族鄉黨師友賓主視聽言
動洗掃飲食知其義理法度之當然則必如其義理

法度而盡之知即所謂發己也如即所謂循物也自盡者自盡其本心之不能自昧非有一毫之為人也知之則無假於外如之則不勞乎我無違者依循不去執持不舍惟恐少失其當然也自盡則必如其心而無閒居獨處之欺是為忠無違則事事皆實而無虛偽欺罔之行是為信忠者心也知之而不行非心也信者實也知其理而不如之如其理而不盡如之非實也感諸心言諸口無時而不在三綱五常之中而徒感諸中而不繼徒言諸口而不踐其或繼而不能終踐而不能久則我之身與我之應接事物皆未

得如吾之本心而得於理性之真定也求其德之進
也豈不難哉今之士孰不知父子兄弟夫婦九族之
倫當厚也在官任職孰不知職之不可不恭民之不
可不愛貪之不可不懲而廉之不可不守也有觸則
但於心相見則吐諸辭至其欲心萌動則左其所知
而右其所欲欲既熾矣而其天命之良知往往不能
自入而常耿耿乎其中是何益哉故曰忠信所以進
德也所謂忠信者亦惟通其感於中而不使之徒感
踐其出諸口而不使之徒言耳蓋感於中而出諸口
者天命之無一日息也所謂秉彝者也忠信之學惟

循吾之秉而不息者而充其分量之所至焉則不批
不撓而其德自進矣養其所存愛其所得據其所安
擴其所明出其含蓄欝積而使之流行護其萌芽華
英而使之誠實自然動不離道言無非法其於進德
也孰禦書之德脩因覺孟子之集義所生詩所謂未
幾見兮突而弁兮先儒所謂忽不自知其入於聖賢
之域者此也大學末章收結闕

孝友堂記

闕父母兄弟之親無間之親也形分而氣未分禮異
而愛不異趙岐臺卿孟子註中所謂生之膝下一體

而分端息呼吸氣適於親維緣父子立言以兄弟言
蓋有甚焉者也莊生所謂不可解於心亦緣父子立
言兄弟之義亦無不然者也聲形語笑長幼不殊舉
動容止先後若一好嗜趨向孩而肖似禮義文章長
如一人貴富貧賤共命一夭痛痒患難徹心入骨明
命赫然不可逃遁兄弟孰非父母兄孰非弟而弟孰
非兄也是故聖人沿義以制禮循理以明道沿義以
制禮五服兄弟之子猶子是也兄弟同出於父母兄
弟之子有異是不同其同也故以其義而服之猶子
猶之云者非類似之云也一而已矣者也兄弟之子

而一兄弟其可知也循理以明道者孝友二字常連
言之而復總友於孝合二於一昔成王夫子之言見
也父母所當孝也父母一體之分而有不友不恭非
所謂孝者也兄之視弟惕然其父母之體也弟之視
兄儼然其父母之容也兄而不友弟而不恭非所謂
孝者也俱存無故出入膝下何樂如之不幸死生之
隔則夫朝夕出入升降室堂與夫秋霜露既降春雨
露既濡之際躊躇顧瞻兄弟即父母也此而不友不
恭是未嘗有得於天命而爲人也是故孝而后能友
友而后能孝成王夫子之言循理以明道也建之中

溪水吉陳君碩夫右司紫芝先生長子也其弟賴夫繼二親早世碩夫痡之子其二子教育備至賴夫無恙賴夫即二親也賴夫不幸二子即賴夫也原其心目之所注固皆率性盡心事親齊家之事亦由讀書務學之勤故其心常存而自不能已者如此也闕

題跋

書文安余氏家集跋高宗臨樂毅論

岳飛劉錡豈不勝樂毅毅飛廢錡豈有一毫不共戴天之心雖仕於宋者亦不肯爲此言但嘿而已可也爲此言者無是非之心矣寢苫枕戈之子乃有暇臨

義之帖百年中無識其非者安得不淪胥以亡

又書所䟦朱德莊策問

此篇純是不識文公四書但見其盛行而不敢毀之耳文公四書與太極圖通書說如一鼎和羹脉理貫通氣味如一無此是而彼非此善而彼惡相反而不相入者也是則皆是非則皆非一人之手豈有二義今湯東磵乃以語孟爲百世不可刋中庸大學其傳不遠南塘未知何人云獨敬論語則是於朱之孟子中庸大學不敬也朱德莊不信中庸大學又圖書主劉氏不用朱說則於語孟猶以爲是也四書理也圖

書亦理也理一也以晦翁之精詣且復勞心盡精四五十年反出後輩下哉是其一而不是其一則與其所是者胥爲不識耳趙君碩守師說未足論文安余氏乃以諸公之非中庸大學圖書而不用其說者謂之知文公知者知其心識其道會其言而無疑者也非之不用其說而以爲知文安余氏是亦妄人也已

書後出師表

前表是建興五年三月初出屯漢中所上蓋自先主死後治國練兵數年力完計審始圖大舉故其言皆實根本明大義之事後表是明年十二月出兵圍陳

倉所上是年春自漢中初出爲馬謖不守節度敗于
街亭有乖本謀復退而整兵以規再舉雖志正氣充
初無所損而國小民疲日月逾邁爪牙之用如趙雲
者復漸消減其事益切於初出故其言比前表爲獨
急魏之君臣才智短長雖在筭中無復可慮然徃徃
自托於篡下惟一以大義不可不明先主之托不可
不盡力民窮兵疲不可以坐定而結之以鞠躬盡瘁
死而後已之兩言可謂義之盡仁之至矣蓋萬世之
爲人臣子任人付托之令甲董生所謂正其誼不謀
其利明其道不計其功者此表盡之街亭敗後趙雲

猶在此表之上相去十月耳而雲巳死先主平生崎嶇相與腹心俱盡此孔明之所以感切激發而不能安居也

曾雪笠詩跋

自來天地愛精華特甚間得之者横溢不禁而蘗於詩其蒼顏秀色巉岩横絕峻峭成削清冷輕細優裕綺麗出於豪放希效咀嚼調理者多可喜甚者可愕也蘇黄王陳以降朱文公擢歌感興之外惟陳簡齋陸放翁與近來諸公以兒女視晩唐然大抵山林丘壑四時風雨死生窮達慢悔戲謔善徒玩世不恭卯

且功欲長怨求其棲留惻隱顧念本原未能與風雅同聲音而畧可同情思者百未一二也且多虞慮把握不肯一字一句放寬勞心費氣短拙反生不悟少陵康節信手揮灑任意縱横不愁淺俗不畏譏誚而卓絶之奇自出其中宏大之局自見其首尾也雪笠曾元伯詩名久矣一日過余於丘叔文氏始見其人與詩皆於適然漫爾之中出新語於四時之中有天下慮問惟一篇作謔語而反爲天下之大戒亦復無傲無虐是可不墜發性情止禮義之緒矣嗇而爲之道梗槩

書蔡清逸平山窮民卷後

自生民以來未有夫子也歷七十二國不合厄於宋畏於匡不食於陳蔡死無子爲之喪惟一孤孫吾嘗問諸鴻濛溟漠皆不知蓋事當然理宜有雖天地亦無如之何也夫大不齊者理也陽一而陰二亦理也吾之赫赫明明優優洋洋者堯舜孔顏一也獨六七尺軀所以寄是者則爲一治一亂之主張是者分受當其時彼主張是者亦無意焉故吾亦當以主張是者之心爲心不可容喜愠於其間也雖比干伯夷之糜棄顔冉之疾病卻伯道羊叔子之無子孫以至于岩

◎

松穴處卒洎後不聞如荷篠荷蕢至今不如其爲何人者亦事理當然主張是者與我皆不得而與也清逸蔡君之窮窮矣文不第行不遭變故家室子孫不保不足異獨怪君五雛皆羽毛楚楚向天望雲未變奪其二變失其三居然爲尭文王所哀民此無足異也未濟男之窮也否剝君子之道消也夫子以來如清逸君者何限而天以夫子爲木鐸故在於陳蔡陳蔡者天以夫子教萬世也此則主張是者之所與所謂赫赫明明優優洋洋否之所以不亂群而困之所以遂志也塞馬復來令咸當歸三子方少壯一旦來

歸如朱買臣長卿世父業如過尚可待萬一有不然清逸未始不清且逸也氣之厚薄時之否泰吾與堯舜伊周分受之猶兄弟之共承父事鞠躬盡瘁而不知有他也故爲清逸君者示吾赫赫明明優優洋洋行不加窮不損者存否何如耳而何暇乎其他

書尚古堂

語言文字在天下皆日用在聖賢或爲降心從俗之言武王周公去亶父三世而以古稱之夫子去文王五百年而謂其時爲中古夫亶父古則后稷公劉邈矣文王爲中古則夏商爲上古乎置堯舜於何世田

夫野人由不知習不察知不及百年視不出百里髣
保時事如偶千代父母猶在而慢之以爲昔之人世
俗之卑蓋亦其情其勢然也萬世一日萬人一心千
歲千里若合符節而世之人以封德彝之自視宇宙
雖異才英發如眉山蘇亦謂古人俎豆之器鄉舉里
選學校之制不可行於今獨關西張子謂井里不數
年可復明道先生謂聖人不易唯椅卓匕筯昔者疑
之今也信之吾徒居今戴者天履者地見聞者日月
風雲雷霆雨露山河海嶽草木鳥獸日用者一水二
火三木四金五土無一物非古也何獨至於人而疑

之四肢百體髮毛爪甲無一體非古也何獨至於心
而疑之衣不古而身古冠屨不古而首足古以古身
衣古衣以古首足冠古冠屨古屨何不可者 闕建陽
劉純父家有堂曰尚古其先君子名之晦翁書之中
圯純父新之疊山謝公記之繇世俗觀之三君子者
古也純父今也此岐山之陽柞棫之中松栢之下占
莎雞候鳴鵙美暄芹者之議論也周公豈其然乎會
人物於一身萬象異形而同體通古今於一息百王
異世而同神此康侯胡公之論讀者奇之余謂其未
足奇也而前物無一不古晨鐘所發皆羲皇上人也

禹先舜孔顏而并出其下是欲斷天地日月闕

書建陽宋君嗣事

事有古無其例但有得於道而可以質於天則不期而衆善皆備其萌芽不過一念之間而其功有可以爲百世事事有無其舊而得於道者是乃人心不測之妙用天理旁行之實地權而不離乎經異而不害其同者也予於建陽宋氏見之其萌芽不過一念之間而其功直可以爲百世祀儒則儒矣而亦不離於道而已先哲之言曰不爲終身之謀而有天下之慮此自古以來仁人君子之常心得於天地生物之心

而不能自已者也伊川養魚記有云生汝誠吾心汝得生已多萬類天地中吾心將奈何所謂萬類者人爲大也所謂吾心將奈何者時不遇道不行不得遂其同胞吾與之心自人以及物也李充稱魏成云食祿萬鍾什九在外什一在内魏成在戰國體法四豪而古之君子其用心蓋未始不然事父母奉祭祀育妻子此外茍有萬鍾周公之富必欲使天下皆無飢寒但有原思爲宰之祿亦欲推其餘以及鄰里鄉黨此非有所爲而内交要譽以爲之也夫天下無難處之事而君子無自私之心造化有不齊之運而人道

有栽成之宜繼者人之理也得其理而氣自隨生者心之道也行吾心則身不死是故貴乎裁也建陽宋君本延平謝氏幼爲宋之子由經禮論之則出於後世以爲人後之禮律之則君之於宋盡心焉耳矣事喪葬祭一毫無闕得於繼之理矣年七十無子而兩家之事復皆然於是謀之於心揆之於道以宋之幼爲宋之後婿之子爲謝之嗣闕

書喜神

天地父母與爾箇人爾豈可自爲獸盡人得爾之似箇人爾既得爾之真豈可自爲獸然則何以體其受

乎相在爾室尚不愧扵屋漏

石堂先生遺集卷之十三